# 赤宰梅朵

央吉次仁·著

XZCB 西藏人民出版社

# 目 录

# 世外桃源

如果你是爱山的人，定能发现山与山的不同恰似人与人的不同。这世上的山，有的沉稳、内敛，如历经岁月打磨的唐古拉山脉；有的灵动、善变，就像年轻的喜玛拉雅山脉。强烈的地质构造运动造就了喜玛拉雅山脉坚挺秀丽的外型，从西到东，跌宕起伏、桀骜不驯的延展开来，高处可入云层，低处形成峡谷。在喜玛拉雅山脉的东端，雅鲁藏布江大拐弯的地方，是中国原始森林覆盖面积最大的地区之一。西藏林芝市就坐落在这样一片绿色的汪洋之中。从林芝市区出发，沿着318国道继续往东向昌都方向行进，还真是一次名副其实的“心灵之旅”，游人的心情很容易被沿途的自然景观所左右。当车辆行驶到至高点，能有幸一览如长矛刺入天空的南迦巴瓦峰时，风景是曼妙、壮丽的，如果此时车内再来上一首维塔斯[1]的海豚高音，内心一定亢奋至极；而当车

[1] 俄罗斯著名的歌手，以其跨越五个八度的宽广音域和高音区，雌雄难辨的声线著称，有“海豚音王子”的美誉。

辆渐渐下行，最终“滑入”茂密幽静的阔叶林中，会顿觉与世隔离，倘若再遇见绵绵小雨，思绪也会变得粘稠起来。

对于很多涉世未深的年轻人来说，再好的风景也就是一张明信片，欣赏完了就草草夹藏于书页中，很难有心景交融的体验。等到多年之后，当吹去旧书上的浮尘，小心翼翼地翻开那一页，方才能真正体会到那年那日自己究竟是置身于怎样的风景中。人年少时的风景，是在任何时刻都能看日出或日落的“小王子[1]”的星球上。难怪有人说：“毕业生、毕业生，毕了业，才开始生活。”对于担负生活乃至生命重任的年轻人来说，脱离学校这所“梦工厂”后，最重要的事情就是跑到真正的大海边，快速扬帆起航、寻见自己的新大陆。这种渴求如此迫切，以至于根本无暇顾及什么海的颜色和海水的味道。正因如此，此刻对于眼前这位少女来说，比起风景，未卜的前程更牵动她的心。她并没意识到此刻自己要前往的地方，正是这么一块云遮雾绕的世外桃源。漫山的翠绿，山涧的小溪，林间的鸟鸣声都不能捕捉她年轻而善变的心。

---

[1] 《小王子》，是作家安东尼.德.圣.埃克苏佩里于1943年出版的著名法国儿童文学作品。

女孩叫桑吉，22岁。藏语里，桑吉就是心情愉悦的意思，可此刻她却显得郁郁寡欢。

桑吉呆呆的望着窗外。一头浓黑的长发被随意绑在脑后，一半的秀发就从她的右肩上倾泻而下。她的发质属于自然卷，那种发梢处微微的波浪卷。很多藏族人都属于自然卷。天生的卷发大致分两种。一种是大波浪卷，一种是小卷，也就是俗称的“钢丝卷”。钢丝卷很难驾驭，很多牧区的小伙子会到县城里会花上大半天时间把“钢丝卷”生生拉直。尽管那样的变化会使一个粗犷的汉子瞬间更接近现代文明，但从一个真会欣赏“美”的人来说，会发现汉子的五官和发型如此不搭。再者被强迫拉直的、生硬的直发会使人顿生汉子是刚从水中被捞出来的滑稽感。

桑吉的这种波浪卷则使人多了一些纯朴的温柔气息，在宽阔的额头、在纤细的腰间，黑色的波浪卷显得又柔顺、又自我。除了发质之外，桑吉的肤色也具有西藏特色，小麦色的细嫩皮肤。这样的肤色无论配上什么颜色的衣服都会显得很健康、充满活力。她的眼睛水汪汪的、黑白分明，长长的睫毛从侧面看去更为卷曲。

从相貌看，这个女孩有着天生的自然美，并且令人欣慰的是这种美没有过早的染上脂粉气。

桑吉的穿着简洁干练、透着青春气息。一件高腰的牛仔外套，里面是印有切格瓦拉头像的白色体恤衫，下身是件简单贴身的牛仔裤，一双蓝色帆布板鞋。她细长的颈部戴着一条银色的细锁骨链，微小的坠子是花型的。这项链细到似有似无，只有在她晃动身体时，才会一闪一闪的显现。

此刻，这位漂亮的毕业生正紧锁着眉头，支起胳膊、倚着车窗，望着窗外。她的眼睛因思虑过重而显得没有神采。越往东行，丛林越密集，她就越感压抑。车辆行至平缓处，她索性闭上双眼，深深的吸气、再慢慢吐出来。深呼吸过后，她调整坐姿，并从一旁的旅行包里取出随身听，戴上耳机，开始听音乐。

一首贝多芬的《月光奏鸣曲》。这是大学音乐赏析课上老师介绍过的曲目。那时每周一堂的音乐赏析课是桑吉最喜欢的选修科目。桑吉记得老师曾说《月光曲》的第一乐章朦胧静美，而到了第三乐章会变得极其波澜壮阔起来，但桑吉至今都没有听过后面的部分。小学、中学的课程对于普及音乐美学教育方面可谓蜻蜓点水，大部分人不识谱，桑吉也是。音乐基础知识的欠缺使人无法理性的分析乐理，但使听者对音乐的感性理解更深切。比如说只要一听到这首《月光曲》，桑吉就像坐着时光穿梭机，回到了学校的阶梯教室，看到自己托着腮帮，沉静在音乐中的情景。这首曲子，其实叫《升c小调钢琴奏鸣曲》，是贝多芬在和自己16岁的学生朱利叶塔恋爱期间写下的，和小学语文课本上的“盲女”没有什么关联，并且和月光无关。“月光曲”的命名来自一位德国乐评家，这位乐曲家听完之后撰文说，这首乐曲令他想起“瑞士琉森湖上水波荡漾的月光”。出版商为了推销作品，也就顺便加上了“月光”这个标题。桑吉觉得这个标题恰如其分，因为每当这首曲子阴沉舒缓的铺展开来，她的脑海里也总是浮现出不变的景象。

一轮圆月升起，乌云像黑色的面纱，阻挡着月亮和月光，月亮不停的向前走，欲挣脱羁绊似的，但前方似乎仍是阴云密布。桑吉透过车窗，抬头望天，却见密集的树林遮天蔽日，阳光像星光一样零碎。

邻近色季拉山，路面越发颠簸、泥泞。大概是路途的疲劳和灰色的心情，桑吉索性将头也倚在靠背上、闭着眼睛，像是睡着了，又像是在思考什么。

这趟行程，是从凌晨六点开始的。从天蒙蒙亮时出发，到现在已是阳光普照。正午时分车内温度直线上升，车内年轻人的面色变得红润，开始有说有笑，有人车前车后的传递、分享自家带的食物。

邻座一个女孩拍了拍桑吉的胳膊，递给她一个棒棒糖。桑吉睁开眼，用她的大眼睛看了一眼棒棒糖，再迅速看了一眼女孩，答道："谢谢，我晕车，不想吃甜的。"干脆而不失礼貌。

车辆继续行进了三个小时，车内彼此还陌生的年轻人开始做起自我介绍，有的甚至变得欢呼雀跃。桑吉邻座的那个女孩提议唱歌，于是大家伙开始唱起各种风格的歌曲，如亚东的《深情的弟弟》、席琳迪翁的《My heart will go on》,梁咏琪的《爱的代价》。刚毕业的学生们个个都是"流行音乐小曲库"，无论听到什么歌都能随口接上，完全不用过脑。

桑吉此时已把随身听里的歌曲听了个遍，便轻轻取下耳机听大家伙儿的合唱。和很多年轻人一样，桑吉也喜欢流行音乐。她觉得各种类型的音乐就像各种营养素，在忧伤、困惑甚至是晕车时都能发挥意想不到的治疗效果。

桑吉嘴角不自觉地上扬、眼神稍有了些光彩。她开始轻声加入合唱，正是一首杨坤的《无所谓》。

“无所谓
谁会爱上谁
无所谓
谁让谁憔悴
流过的幸福
是短暂的美
……”

一两曲过后，桑吉突然想起昨夜母亲煮好、切成片的牛肉，便从随身包裹中取出“罗玛”[1]，打开，转身递给车后座那几个正狼吞虎咽的吃薯片和火腿肠的年轻人。

“吃牛肉吗？我有点晕车，吃不下，你们多吃。”桑吉说。

“哇，有肉吃……”后座一个白净、高个儿男生对着旁边一个黝黑的男孩搓手笑道。对于刚毕业的男孩子来说，饥饿感似乎是无时无刻的，况且车子已经从凌晨六点出发连续行进了七小时，中间除了偶尔让大家下车解决“内急”之外，根本没有停下来吃饭的意思，因此眼下桑吉妈妈煮的新

[1] 用竹子编制的篮筐，藏族人用来陈放食品。

鲜牦牛肉片很受年轻人的喜欢，在几次的传递后，也就吃光了。

2002年10月，西藏大部已是金秋，可这里却仍以绿色为主基调，茂密的原始森林，潮湿的道路和空气；偶尔还会有细雨飘打在车窗上，排成珠，串成线，窗外的景色也随之变得模糊。翻过了色季拉山，进入排龙段后，路面更加泥泞、颠簸，年轻人们不得不紧抓车内拉手或椅背。桑吉觉得自己在车内就像一个乒乓球，肺部被上下甩动的隐隐生疼。

川藏线，有名的川藏线。除了道路崎岖、地质灾害频发之外，这里还因景色壮丽而闻名于世。从林芝市区出发，一路都是大自然馈赠的景点：雅鲁藏布江大拐弯、南迦巴瓦峰、色季拉山、鲁朗林海以及不知名的皑皑雪山。这里之所以有秀丽的自然风光，主要归功于海拔相对低、印度洋的暖湿气流趁势而入的缘故。有人把这里比喻成“西藏的瑞士”。不过对于桑吉来说，这里是陌生和令人失望的。

“那么远？还得翻过色季拉山？”

桑吉记得母亲得知毕业分配地之后的一脸无奈。

2002年，那时的西藏高校毕业生基本是组织分配工作的，而当时分配的原则大都是“回原籍”。桑吉在林芝上的小学，在上了6年“内地西藏班”和4年的大学后，自然是回到林芝工作。不过各地区分配形式不同，她的大部分同学都留在了拉萨或者是地区上，只有她得长途跋涉的前往最基层，西藏林芝市波密县的某一个乡镇里工作。

“嘀嘀........”

桑吉的手机响了，这部手机是父母送给她的毕业礼物，一个银色翻盖的三星牌手机。桑吉打开手机一看，这短信是来自大学某同学的慰问。

“没有关系，是金子到哪里都会发光的！”

“金子？”

桑吉扬起嘴角重复了一句，此时她觉得自己连破铁都不是一克。

“下车！大家解手吧！”

司机把车停下，自己也急忙跳下车，钻进了丛林里。后面的几辆车也都陆续停下。所有的毕业生下车透气、“方便”。

这里是通麦，海拔低，潮湿的峡谷地段。

“小心，路边可能有蚂蟥……”司机边拉着裤子拉链，一边打趣地说。这话吓得几个正在路旁丛林里小便的女孩立刻跳了出来。此话不假，在通麦附近，的确有进入动物皮肤，吸血吸饱了才钻出来的蚂蟥。

桑吉在车上不喜欢吃喝，也不喜欢下车遛达。她就一直待在车上，大眼睛仍空空的望着窗外。

“嘿，你是哪个学校毕业的？叫什么名字？”

坐在车后排那个黝黑的男生问。桑吉回望了这男生一眼，他的眉毛很浓，鼻子很挺，麦色皮肤，长相极富藏族味道。

“北京广播学院，电视新闻专业，你呢？噢，我叫桑吉。”

“藏大，藏语文专业，多吉。”

男孩在寒暄过后会心一笑，带着纯朴的乡土气息。

“我老家在日喀则，这次分配调剂分到了林芝。不知道这次我们会分到哪个乡镇？希望不要分太远了啊。”男孩在说“太”这个字时，语速很慢、语调也拖得很长。

桑吉“嗯”的应了一声，继续望着窗外。

从北京到拉萨，从拉萨到林芝地区[1]，从林芝到波密

[1] 2002年林芝还未撤地设市，仍为“林芝地区”。

县，再从波密县到某一个乡镇，桑吉觉得自己像一滴汇入大海的水珠，身不由己的漂浮、旋转、行进，最终她会在哪里停留呢？桑吉毕业的学校，北京广播学院[1]是她目前最留恋的地方。母校就像一个摇篮，在让桑吉如饥似渴的学习之外，也使她不晓得窗外事。这摇啊摇，就摇到了毕业。严峻的毕业分配形式，使她突然跌入现实生活中。到底要去多远的地方啊？路途越遥远，桑吉越是心生黯然，她所热爱的电视专业和他，该如何在一个偏僻之地得以继续呢？

车辆再次“滑入”深林，桑吉戴上耳机。这时随身听里传来路易斯.阿姆斯特朗低沉、沙哑的声音。

“I see trees of green
Red roses too
I see them bloom
For me and for you
And I think to myself
What a wonderful world……”

[1] 北京广播学院，现更名为中国传媒大学。

# 组织分配

这儿真是氧气充足，不然不会让近期失眠的桑吉一觉睡到天亮。

桑吉起身掀开被子，穿上拖鞋，望了望同屋的两个女孩。她们也才刚刚起床。昨晚到了波密县后，毕业生们被安排在了离县委大院很近的波密县招待所住下，她们三个女孩被安排在了同一间屋子。那两个姑娘都毕业于咸阳民院，都有着康区女孩特有的白皮肤和爱笑的个性。一个叫其美，一个叫央宗。

“公觉[1]！昨天我们用了14个小时从林芝地区到波密县！”其美边穿裤子边吃惊得说。

“是啊，不知道过两天我们又要走几个小时到分配地点？”央宗则正在梳理着一头乌黑浓密的长发。她忽然狡黠的一笑：“但愿能和几个帅哥分到一起！”

说完两个姑娘对望，发出了银铃般的笑声。

[1] 藏语中意为“老天”、“佛祖”。

# 13 组织分配

对于已在校园里恋爱过的情侣来说，毕业分配或许是残酷的；而对于单身青年来说，则充满了美好的遐想。桑吉属于前者。因此当桑吉听到这句话时，立刻踢去拖鞋、再次盖上被子，平躺在床上，望着天花板发呆。县招待所的天花板上，两排结满蜘蛛网的长方形日光灯发出幽幽的冷光，屋顶白色的涂料有些泛黄，窗户边的墙角甚至有些发黑。桑吉听母亲说过，这里的人，一年四季都是生炉火的。因此桑吉猜想在最冷的月份里，这里曾有三、四个人搓着手、哈着气，围在炉火边取过暖。

桑吉想起了诺杰和那个寒冷的冬天。

诺杰喜欢牵着她的手，在雪地里散步，听着蓬松的积雪被他们踩出“支如支如”的声响。

那个寒假，他们都没有选择回西藏，而是选择在北京人民广播电台实习。骑单车、挤公交、坐地铁，他们总是一起。诺杰有着一种孤独沉郁的气质，在人群中，他话不多，总是冷静、专注的聆听别人，嘴角还微微上扬。他的这种微笑总是带点神秘感，这使他身在人群中，又抽离于人群；合群但很少与人深交。即便和桑吉在一起，他也保留着自己的空间，比如他从未谈及他的家庭和毕业后的打算。大学四年级，当很多汉族同学忙于投递简历、实习，藏族同学了解区内就业形势时，他们就这样静静的相处了一年。诺杰学的是广告专业。广告和新闻同属于一个学院，他们一起上大课的机会自然比较多。他们除了相约听课、自习之外，还一起看阿兰·德龙的电影展、拍亨利·摩尔的雕塑、买校园“跳蚤”市场上披头士的磁带。

雪花轻轻的飞舞，风停了，一切在纯白的世界里安静的出奇。诺杰闲庭信步，轻声哼唱着同一首曲子。这首曲子舒缓、低沉、缠绵，是如此的熟悉，但桑吉怎么也记不起来这歌儿来。她正琢磨着，诺杰却突然转身问桑吉：“冷吗？”

诺杰头戴蓝色鸭绒外套的帽子，嘴里不断呼出白色的气体。他瘦高，和桑吉差一大节，细长的眼睛眯成一条线。

“不冷……”桑吉仰头微笑着回答，脸颊已冻得通红。

“走，请你吃水煮鱼，热乎一下。”诺杰嘴角开始上扬。

“不，到食堂吃吧。”桑吉手头不阔绰，认为吃食堂比较划算，而诺杰家里总是源源不断的寄钱来，他买的衣服不多，至多是些卡带和胶卷，因此总有闲钱给桑吉请客。

“下周买胶卷还需要钱呢……”

# 15 组织分配

“我...意...已...决。”诺杰拖长语调、模仿古人说话的样子。见桑吉大眼睛瞪着他，他便立马呵呵一笑，将桑吉的手紧紧握住，拽着她前往广院小有名气的水煮鱼餐厅。

“起来啊，阿兹兹[1]，怎么又睡下了！”其美尖脆的声音将桑吉拉回了现实。桑吉没精打采的在床上坐了起来，

此刻梳洗完毕的央宗正打开房门，探出头去看县招待所的走廊。桑吉回想起昨晚入住时，经过的这条又阴暗又狭长的走廊。

“阿妈[2]！人家都起来了啊，我们快点吧，出去吃稀饭包子，还有今天不是下乡培训和分配吗？”央宗在说“分配”时故意发出了颤音。

“唔，好好，马上啊！”桑吉掀开被子，慌忙抓起衣服穿。

上午九点半，波密县县委会议大厅，毕业生们开始了岗前培训。主席台上坐着县委主要领导。一位援藏的书记开始语重心长地讲解着基层工作的方式方法。

---

[1] 藏语中意为“哎呀呀”。

[2] 藏语意为“妈呀”。

“要低姿态，即便你是什么什么学校出来的啊，就是要和基层百姓打成一片……点头、哈腰、递烟，别觉得这是什么不齿的事情啊……”

县委书记滔滔不绝，说得看来也是肺腑之言。

“你们上午培训，下午就要分配了，无论分到哪个乡镇，都要接受组织安排，啊，下午会由各个乡镇的负责人来接你们，所以啊，下午你们自己买好被子、褥子什么的，有些乡镇有点远，带的东西肯定要多一点……”

桑吉曾听说波密县有两个最偏远的乡镇，就是康玉乡和巴盖乡。这两个乡一年多半时间都是大雪封山，出不去。能出去的时候也得骑马去。桑吉从昨晚和央宗的谈话中得知，康玉那地方的住宿、办公条件极差，门一踹就能打开，不是女孩子住的地方。如果分配到那里，就得赶紧找个男人当靠山，还说很多分配到那里的女孩不得已，就找了当地百姓嫁了或者沦为了乡领导的“小三”。对于这些说法桑吉始终半信半疑。在偏远山区，固然有村民的蒙昧之举，但也是少数吧。再说人总是喜欢带着放大镜看自身恐惧的东西，并且不断咀嚼、传播，造成集体的恐慌。所以都来到这里了，分到哪里，就不怕了吧，桑吉安慰自己。只是，要在分配结果出来后，一定要打两个电话。一个打给父母，让他们安心。一个打给诺杰，让他放手。放手？想到这个词，桑吉似乎有些拿不准。诺杰，自她从学校毕业到这里，没有来过一次电话。他有她们家的座机号，但他没打过。这会儿，在偏远他乡，他甚至不知道她的新手机号，所以，何来继续或放手呢？可是，桑吉还是想打个电话。有些东西，她觉得至少应该给自己一个交待。她有他的号码，是他在学校里就用的那个号码，她熟悉的都能背下来。

“喂喂喂！后排的那两个能少说点吗？”

桑吉的思绪被县委书记的训斥声拉了回来，只见大家齐刷刷的回头望坐在最后一排的两个男生。那两个男生中的一个，是坐车后排吃桑吉牛肉片的男孩，一个则是多吉。此刻他俩满脸通红，挠着头、吐着舌头，不好意思地笑着。

县委书记继续：“我今天讲的，将来你们都有用着呢，别再开小会了啊，我知道你们分配到这里都是找人开的后门！”

“开的后门？”桑吉听到这里，心里暗笑。看来县委书记真心认为这是一个好地方。

书记继续说着，大家也都认真了很多，有的甚至做着笔记。

时间到了中午12点左右时，县委书记终于结束了他的讲话。

“是金子，哪里都会发光！”

这是结束语。而此刻金、银、铜铁们都已经迫不及待地起身了，因为“人是铁、饭是钢”，此刻大家已经是饥肠辘辘。

当大家再次回到会议厅时，已经是下午三点半了。比起上午那会儿，下午大家都很肃静，有的甚至紧锁眉头，竖起耳朵聆听，生怕没有听清自己的分配地点。

“卓嘎、仁青、扎西都是玉普乡；索朗、边巴、嘎多是谷乡……

宣读文件的是一个县组织部的普通干部，他戴着高度近视眼镜，头发稀疏，慢条斯理地念着。每公布完一个乡镇的新分人员，他就停下来，看看台下，台下则是一阵喧哗。

“安静，安静，分到多吉乡的是……安静！安静点！分到多吉乡的是……”

桑吉很快就听到了自己的名字。

# 19 组织分配

“桑吉……松宗乡……”

她只记住了“松宗”这个名字。松宗乡在哪里呢？

这时她身旁的其美凑近说：“我俩一个乡呢，呵呵……听说挺近的，一小时就能到。”

桑吉朝其美点了点头。在和其美对望的片刻，桑吉看到了坐在其美身旁的央宗。央宗的脸突然开始扭曲、抽搐起来。原来，县委书记念到她的名字了。

“不，康玉！我不去！”

央宗愤愤地说，并用双手捂住脸，开始啜泣。

台下越发热闹了，有人窃喜、有人担忧。来自各个乡镇的负责人也拿着小纸条，喊着新成员的名字，示意集中在会议室一个小角落开小会。桑吉见央宗已经跑到了主席台，几乎是半跪在县委书记面前，抽泣着。

“求您了，我不去那里。咕叽[1]，咕叽……”

桑吉和其美走上前去安慰央宗，但央宗不理会，她边哭边热切地望着书记，希望书记能收回刚才那句决定她下半辈子命运的重要决定。

“都这样的话，我还怎么安排工作。姑娘，那里需要你

[1] 藏语中意为“求求你”。

们，请理解啊……”

书记一脸无奈地劝慰着。

此时会议室里更加热闹了。四五人一群，有人咧着嘴笑，有人皱着眉头发着牢骚，有的聚在一起认真商量着什么。

“松宗的桑吉、其美过来一下！”

原来来自松宗乡的负责人也已经在会议室一角召集大家开会了，桑吉和其美只好离开央宗，去面见她们的新领导。

桑吉不断回头看央宗，发现她开始抓住书记的胳膊不放了。

“哎！”

桑吉叹了口气，转身和其美走到会议室阳面的窗户边，背靠着墙，听着新领导的安排。

“我叫扎西次仁，是你们的乡长，明天你们和我一起回松宗。今天把被子、褥子和盆盆罐罐，要买的买了，我们租了一个面包车，明天八点回松宗……”

扎西乡长说话时神情严肃略带羞涩，八字胡，五官立体，身材清瘦。看到他，桑吉不仅想起了壁画里松赞干布[1]

[1] 松赞干布：吐蕃王朝第33任赞普。

的模样来。

桑吉再次望了望央宗，此时央宗已经勉强和“康玉乡”的成员们一起开会了。看得出央宗无心听负责人的讲话，她仍然在抽泣、时不时用纸巾抹眼泪、擦鼻涕。也难怪央宗这么伤心，四个小伙和一个老乡长，就她一姑娘，虽应了她那句无心的“但愿和帅哥分到一起”的小心愿，但遥远的康玉，年轻姑娘最怕的就是这种“僧多肉少”的尴尬局面。

“央宗好可怜！”

其美充满同情的望着央宗，喃喃地说。桑吉也默默点了点头。

“谁可怜？！那个分到康玉的？还不定谁会混得更好呢！”

扎西乡长强硬的介入了她俩的话题，但他的目光却奇异地留在了鼻子都哭红的央宗身上。桑吉和其美觉得尴尬，不说话了，转过头来开始打量分到松宗的同伴。原来多吉和那个高个儿男孩也分到了松宗。通过作自我介绍得知，高个子男孩叫旺杰，毕业于四川大学的通讯专业。

小会议结束后，四个被分到松宗的年轻人雷厉风行，立马在县城里买到了被褥、水壶、洗脸盆等生活必需品，并提前装车，这样第二天出发时会更加轻松一些。晚饭后，其美、旺杰和多吉回招待所休息；桑吉则一人来到波密县城大街上溜达，她想找个电话亭。

波密大街，不如说是318国道。国道线经过这里就成了县城主街。这里被几座青山包围，街道整齐而干净。从县城的东边走到西边，大概也就需要徒步15分钟。

桑吉在县委大院旁的一家电话亭旁站住，看到里面有四个亭，三个都有人，打电话的人还都是今天被决定去向的毕业生，看得出大家都在向亲友或同学告知今天下午的分配结果。这三个人中有一个女生看着很眼熟，对了，是那个在车上递给桑吉棒棒糖的女孩，她坐在电话亭里的小凳子上，侧着脸，眼睛是红的。她分到哪里了呢？看她的表情，不像车上那般轻松，一定是分到偏远乡镇了。

桑吉走进最里头的一间电话亭。门坏了，关不上，她只好一手抓着电话，一手紧紧抓着门把往里拉。

电话通了，是母亲。

“阿妈，明天要去松宗乡了，我被分到那里了，离县城一个小时车程，不远。爸妈别担心啊！”桑吉对母亲说道。

“手机有信号吗？桑吉，有伴儿吗？”母亲问。

“听说手机信号暂时还没有的，阿妈，不过我有三个伴，我们有四个人分到了那里。我会找公用电话和您联系的……听说是最好的乡呢，我运气不错阿妈。”桑吉最怕母亲担心。

“哦，那就好，到了之后就和爸妈联系啊！”

母亲显然释怀了许多，放下电话时语气轻松。

挂断母亲的电话，桑吉也感觉轻松了不少。两周前，在得知自己分配到波密后，桑吉就捂着被子哭了一晚上，但早晨起来却是笑嘻嘻的面对父母。她清楚，父母的担心有时会是她自己的好几倍，所以她应该懂得克制自己的情绪。

桑吉再次拿起电话，拨了他的电话。

“嘟...嘟...嘟...”

电话声响了三次，有人接起。

“桑吉吗?”

他直接说出了她的名字。

“你，你怎么知道的？”桑吉问。

“因为是林芝的区号。”

他的话总是很简洁、冷静。

“我，分到波密最近的乡了。”

那边一阵沉默。

“明天就走了，那里还没有手机信号。”

“桑吉……”

诺杰欲言又止。

“什么？”

桑吉真想听他说下去，无论是什么。

“桑吉，外面天蓝吗？”

诺杰突然问起天气来。桑吉感觉自己的心在不断往下坠，她转身望了望外面。

“阴天，开始下小雨了。”

“拉萨，拉萨十月的天很像北京十月的天，好蓝。”

“嗯，你喜欢的。诺杰，我挂电话了啊，我，我同伴叫我吃饭……”

桑吉的话自己都听得勉强。

“桑吉，桑吉!”

“嗯？嗯？”桑吉急切地回问。

“忘了我。”

“……”

桑吉紧紧握住电话往下扣，并按压了好一阵，就像在堵塞一个突然冒出水的泉眼。

桑吉走出电话亭，进入了雨中。

十月了，波密的雨下还很缠绵。桑吉突然想起诺杰刚才说的，此时的北京和拉萨，是蓝天。桑吉依稀记得那样的深蓝色调：碧空如洗，干冷的空气，瑟瑟的秋风，校园里的白杨树只剩下赤裸的树枝，而枝头只剩下几片干枯的、随时会被秋风带走的叶子。

# 陌生男子

第二天清晨，雨过天晴，天边还映现出一道彩虹来。波密县城里空气通透、湿润，到处散发着泥土和青草香，偶尔还能听到山林间的鸟鸣声。不过谁都似乎没有心思观察这些，因为80后的毕业生们即将各分东西，匆忙奔赴下一站了。

正如其美所说，松宗乡不算远，只需从波密县城沿着318国道向东行进40公里的路程。大概是深感运气不错，其美、旺杰和多吉在面包车上欢快的像小鸟，他们一边轻声跟着车载音乐哼唱，一边向扎西乡长叽叽喳喳地询问有关乡里的一切。

“有电吧？乡长。”多吉问。

“有，但电压不是很稳定。”乡长回答。

“那乡长，我们明天就开始上班吗？”其美问。

“明天去木材加工厂捡人家不要的木头，要不你们怎么开火啊？”乡长回答。

“那，要去县城玩的话，有车吗？”旺杰问。

“有，每周末一趟，车费10元。”

乡长看了看旺杰，笑着问道：“干吗？县里有看上的姑娘啊？这么急？”

“哎呀，不是……”

旺杰显得很羞涩。大伙看他一时无话可说，也都乐了。大家的好心情似乎感染了面包车司机，他右手拧着播放钮，将音乐声调的更大了。

“ABCDEF……啦啦啦……”

一首脍炙人口的印度歌曲响起，大家也都摇头晃脑地将上半身摇摆起来。

此时的桑吉似乎也渐渐愉悦起来。她摇下车窗，将胳膊肘倚在车窗上，微风将她黑色的卷发吹起。她听着他们的对话，觉得有趣，时不时发出“咯咯”的笑声。她的好心情一半来自于同事间的友善和外面的风景，还有一半是来自昨晚电话之后，今天突生的尘埃落定感。人的情感有时是很微妙的，当对什么事情抱有希望时，往往患得患失，举棋不定；

而在彻底绝望的关头，反而有可能本能地转身，试着将阴霾置之身后。新陈代谢好，食物容易消化，痛苦也容易消散。这大概是人生中最强势的年龄。

桑吉开始真正欣赏起沿途风景，她发现他们是逆水而上，在喜玛拉雅的险峻山峰上走盘山路，左边是青山、右边是江水；当车辆驶入平坦的地方，村寨星罗棋布，木桥、木篱笆、木板屋，袅袅炊烟，好一派幽静的田园风光。当车辆驶入丛林中，桑吉发现林海的绿有深有浅，林间偶尔还会突然蹦出呆头呆脑的松鼠；道路两旁的树枝就像长长的手臂轻轻抚摸着车顶，发出“吱吱”的声音；身披白雪的壮丽山峰会在一个峰回路转后突然蹦入眼球，发出耀眼的银光。

桑吉热爱电影，但此刻她确定即使在电影里，也没有见过比这更美的画面。

桑吉心想，从古到今，藏族大概是最崇敬大自然的民族，他们敬畏山水，且不轻易杀生。即便是在车水马龙的现代社会，藏族人骨子里都有这种品质。世界各地的人都会被大自然的鬼斧神工所震惊，很多人想要征服这种伟岸；而多数藏族人会诚心的朝拜神山圣水，想留它以自然，并在自然界中获取源源不断的精神能量，以达到内外的统一和修炼。桑吉温柔地望着外面的风景，内心也流露出诚挚朴素的一种本能，她觉得自己应该“理解”所有的人和事，自然地接受所有的无常。

邻近松宗，车辆也行至最险峻的路段，这是318国道的事故多发处。车辆必须要在羊肠小道上迂回前进，桑吉屏住呼吸，抓紧车门拉手，眼睛却忍不住向下望，欣赏起帕隆藏布江水的湛蓝来。

面包车最终在318国道边停了下来。路旁有一个石碑标记，上面刻有三个字：松宗乡。石碑的后方，也就是国道和北面的青山之间，有大片的平地，这里就是松宗乡政府所在地。松宗乡的格局一目了然：东西两面各有两排平房，平房中间是二层的乡政府办公楼，在左右两边的平房和办公楼之间形成的三角形腹地，鲜艳的五星红旗正迎风飘扬。

几分钟后，桑吉便得知那两排平房就是乡干部们的周转房。四个初来乍到者每人分到了其中的一间房。

桑吉走进自己的新房才发现，这些房子原先定是设计为商品房用的，因为门面那赌墙只是草草的用若干个长条木板一个个地封上，木板之间甚至还留有缝隙，看的见外面，也透着风。

放下行李，桑吉把包裹被褥的塑料编织布撑开，再从扎西乡长处要了钉子和榔头，一个人站在椅子上，开始将塑料布钉在门面木板上，这样起码外面的人看不见屋内了。

“咣当！咣当！”

定了两颗钉子之后，桑吉从木板缝里看见了一双布满血丝的眼睛，这双眼睛正紧紧盯着她。

“啊！”桑吉受了惊吓，手中的钉子和榔头落地。她缩着身子、睁大眼睛、捂着嘴巴。这是一个奇怪的男人，他蓬头垢面、衣衫不整，弓着身体朝里望，手里还紧紧攥着三个石头，处于随时要攻击的状态。

桑吉本能地从椅子上跳下，迅速把门关上，并退后几步，从木板缝里继续观察起这个看起来疯颠的男子。她迫切希望这人能马上离开。

情急之时，桑吉见扎西乡长来到了门口。他拍了拍这男子的肩膀。

## 31 陌生男子

“回去啊，回去……站这干吗？新来的女孩，去，去，过会儿到我家来吃饭，啊？！”

扎西乡长一面劝慰、一面推搡着把这男子带走了。桑吉捂着心窝，长长地出了一口气。他会是谁呢？桑吉不断推测着这个男人的身份。不过毫无头绪，她的心脏仍然剧烈跳动着，手脚因为刚才惊吓过度而变得酥软无力。她低头看了看塑料布，觉得这个妈妈让她带上、她当时还嫌麻烦的包裹被子的大塑料布还真是一个救命稻草，此刻再也没有比这个更具备安全感的物件了。

桑吉定了定神，继续跳上椅子往木墙上钉塑料布。

一晚上，桑吉都能听到微风吹过门缝，塑料布“沙沙”作响的声音和屋顶隔板间老鼠奔跑的声音。借着月光，她环视着自己简陋木房里的所有家当：一个公园里经常能见到的、褪了色的蓝色木头长椅，一个已经有两道裂缝的木桌和她此刻正躺着的、一翻身就“吱吱”作响的单人木床。这是生平第一次拥有她自己的房子，尽管破陋，桑吉依然觉得有些意思。

人生中有许多第一次，我们通常会抱有相对通融的态度，即便它未必完美。此时桑吉就是抱着这样的态度接纳着这些在城里可能会扔到垃圾桶里的家具。黑夜里，她借着月光打量着室内，想睡却睡不着，不知其美、多吉和旺杰睡着了没？乡里其他人呢？想着想着，桑吉突然想起了下午那个奇怪的男人。他会是谁呢？桑吉突然感到害怕。

她赤脚走到门边，再次确认房门是否上了插销。

# 初来乍到

上午九点半，四个初来乍到者面向乡政府办公楼，在升旗台旁并排站着。尽管已经从学校毕业数月，但他们四个仍然保持着学校特有的纪律性，比如说今早九点他们就准时来到了办公楼前等待工作任务，比方说当乡党委书记和他们聊天、安排工作时，他们整齐地排成一排，并且神情略微紧张和羞涩，多吉还低着头，仿佛被班主任罚站在了教室走廊里。

松宗乡乡党委书记姓李，甘肃人。李书记将手背在身后，背有点驮，头发被清水或者摩丝一类的液体整齐地梳到了脑后，眼神犀利。他仔细的观察起四个新生的模样，并开始作自我介绍。

桑吉一边听李书记说话，一边出神地望着乡政府大楼后面那座山。那山想必就是是松宗著名的“盔甲山”了吧。桑吉曾在波密县招待所里那本破旧的有关县城简介的小册子中，见到过这座山。这山叫“宁波查日”，是宋东巴热神山的主峰之一，山顶的形状和特有的纹路像极了盔甲，即使不是冬季，它也是身披白雪，一副战士无所畏惧的样子。桑吉突然想到了传说中的堂吉诃德。

正当她出神时，李书记也顺着桑吉的目光望望后山，介绍起松宗乡来。从书记的介绍中得知，盔甲山的半山腰，也就是松宗乡旧址。从去年起乡政府就迁到了山下，也就是现在的318国道旁边。如今这半山腰还剩下乡卫生所、乡完小、农行营业所和一个木材加工厂。从半山腰到政府所在地，还引有一个水渠，远远望去真像一个天然瀑布。后来桑吉也知道了这水源的重要性，当乡里自来水管供应不上水时，“瀑布”就派上用场了。大家也是充分珍惜和利用了这水源：当水流经过乡政府旁时，大家就到河边挑水、洗衣，而到了邻近国道边的厕所时，这水就变成冲厕水了。

“我给你们安排各自的工作，你们是学什么的？”

四个年轻人依次作了回答。

书记继续说“有一个和全乡电视有关的工作……”

桑吉有点兴奋，她真希望即便到基层也能从事与自己的专业相关的工作。

“我去！书记！我去！我学的是通讯专业！”

旺杰高举起右手，抢先回答。桑吉仍然热切地望着书记，她学的可是电视新闻啊。

书记想了想，回答：

“嗯，那么旺杰，你去吧，具体工作我之后会告诉你……桑吉，你叫桑吉吧，你和多吉，在我办公室任职吧，一个汉语文秘，一个藏语的……其美，你呢，到扎西乡长那里工作。”

桑吉感到有些失落，而旺杰则伸出“v”字手指、咧着嘴，以一个胜利者的姿态望着桑吉。

工作交待完毕，李书记就带着四个新人到办公楼里转了一圈，并把他们向乡里的老干部们依次作了介绍。桑吉发现乡干部们衣着朴素，言谈举止很谦和。见四个新同志进来，他们都站起身来，点头微笑。

“他们在这里的工龄大多有十几年了。有的老家就在波密，是本地人。如果你们需要什么帮助的话就找他们。工作上也好好向他们请教。”

新生们一个劲地点头。

李书记背着手，弓着腰，从楼上走下来，四个新生也紧跟着。出了办公大楼，大家看到扎西乡长从远处开来了一辆拖拉机，冲他们四个喊话。

“嘿嘿，上来！我们要去捡柴禾，不然你们开不了火，就得喝西北风啦……”

四个初来乍到者一听到扎西乡长的呼唤，拘谨的神态瞬间消失，他们露出兴奋的神情，望了望彼此，再望望李书记，等候指示。李书记依然严肃，点点头，摆摆手，示意可以走开了。几个年轻人就朝扎西乡长奔去，多吉和旺杰麻利地翻爬上了拖拉机。

如李书记所说，木材厂位于半山腰。此时工人们都在伐木、锯木。扎西乡长安排他们四人捡拾厂里不需要的边角料和碎木屑。

大伙儿边干活边聊着天。扎西乡长介绍，西藏林芝地区林业资源丰富。早些年波密一带发财的人大多是靠伐木发家的，有的人甚至在乡间建起了欧式别墅；不过现在政府对林业资源保护有加，这样的木材加工厂和靠此发迹的暴发户就不多了。

“唉呀，早生个五年，也许我也是富翁了！”

其美边说边仰起白里透红的脸蛋，神情陶醉地仰望着一颗颗参天大树。她笑起来牙齿雪白，右脸颊上还隐约显出一个小酒窝来。

“噢孜[1]，你变心啦，前两天你还说想靠家乡的红酒致富呢！”多吉说。

“哼，藏巴[2]，死脑筋！条条大路通罗马！”其美开心地笑了，小酒窝再次显现。

桑吉今天是一身的休闲装扮，黄色戴帽的冲锋衣，黑色的运动裤和黑色的运动鞋；长长的头发被中分开，编成了两股又粗又长的麻花辫。

“嗯，乡长，我昨天看到有一个手里握着石头的奇怪男人，他是谁啊？”桑吉走近扎西乡长轻声问。

“你说的是那个高个子，衣服裤子都烂了，头发又长又乱的男人？”

乡长的回答声儿却不小。一听到这个描述，那三个拾柴的年轻人立刻挤了过来。

“什么？什么？”旺杰生怕自己错过什么精彩片断。

[1] 藏语中意为“哎呀”。
[2] 藏语中指日喀则人。

“他呀，”乡长指了指自己的脑袋，“这个有点问题，之前几次都用石子追打乡里的女干部，你们也要注意啊!”

乡长轻描淡写地回答了桑吉的问题。见他们个个仍是一副狐疑的样子，还就故作神秘，微笑着走开，忙着给木材厂的负责人递烟、聊天去了，剩下几个年轻人睁大眼睛互相对望着。

“瑟吧[1]！干活吧，捡完柴火还得下去劈柴、堆柴，今天晚上谁做饭啊？”旺杰边问边回头看桑吉。

“唉，姑娘，你梳着两个辫子入乡随俗啊？呵呵，看你的样子就会做饭，今晚弄个突巴[2]吃！”。

见桑吉皱着眉看着自己，旺杰继续说“唉呀，脸黑就不能总板着脸！要微笑，要热爱生活、爱柴米油盐……”

桑吉转过身不理他，心里觉得旺杰这人真是口无遮拦。

“你白，哼！男的不能白，一白遮百美！”

其美又发出了银铃般的笑声。旺杰也跟着没心没肺地笑，并从随身携带的包里取出一个单反相机，对着拾柴的大伙儿不停拍照。

[1] 藏语中意为“受不了”。

[2] 藏语中意为“面疙瘩”。

桑吉想起在广院那会儿，新闻专业的学生也开过摄影课程。每周都得照一卷相片并冲洗出来，对于桑吉来说，这还真是一个经济负担。桑吉记得那时诺杰总是喜欢带着她去拍地铁铁轨，还说摄影总是能折射人内心的东西。有一次他们拍到了两位双胞胎爷爷，他们穿着同样的衣服，带着一样的八角帽，在地铁边上聊天，手指着远方。在北京城的郊外，两个花甲老人似乎在感叹城市的变迁。诺杰兴奋地把他们拍了下来。又有一次，诺杰全身趴在草地上，以一个小草的角度去拍铁轨。镜头中，小草是实的，一副柔弱孤单的样子；铁轨是虚的，缥缈无边地延伸着。诺杰把这个作品命名为：远方。桑吉不禁想，此时他们还真是天各一方，各自“远方”了。

下午乡领导为四个新生准备了一个铁皮炉子，并把这东西搬进了多吉的屋里，交待他们以后要分工，轮流洗菜、做饭、刷碗。

“你们也都看到了，这里可没有什么饭馆子，如果不自己做饭，就要饿肚子的！”扎西乡长交待。

四个年轻人一下午就在多吉门口劈柴、堆柴；干活儿期间也已经完成了分工，其美来自昌都，川菜做得好，当厨子；多吉力气大，劈柴；旺杰生炉子；桑吉洗菜和洗碗。

“我不会生炉子！”旺杰突然叫到，“拉萨又不生炉子啊，况且我五行属水，不适宜生炉子啊！”

“哦？五行属水？那我们俩换换，你来洗碗、洗菜呢？”桑吉说。

“不不不，以前在学校的时候那些脏衣服都是我的女朋友们帮着洗得呢！”旺杰说完抬起下巴，斜眼看桑吉。

“怪不得你是水呢，水性杨花，哈哈哈！”其美总是心直口快。

旺杰无话可说，只得笑着抓住其美的胳膊用力反扭，其美则“觉[1]，咕叽，咕叽……”的发出求饶声。

正在大家嬉笑玩闹间，一辆大巴驶入乡政府，停了一分钟左右就一溜烟地开走了。桑吉心想这一定就是扎西乡长说的在县乡之间两头跑、车费10元的车子了。

大巴开走后，干燥的乡政府土路上一时灰尘漫天。若干秒后，只见灰尘中站着一个刚下车的男子。他瘦高，戴着墨镜、身穿蓝色短袖T恤、牛仔裤、旅游鞋，背着一个大包，

[1] 藏语中意为“大哥”。

这简直就是一副文艺青年浪迹天涯的形象。桑吉有点想笑。她觉得在这连饭馆子都没得下的乡里，见到这么一个时髦的人，真和周围的环境格格不入，特别是他那副茶色墨镜，有些莫名的滑稽。

“是江白，他过完十一长假从林芝回来了。”扎西乡长说。

“嘎提[1]！”扎西乡长对那男子说。

“嘎玛提[2]！”男子又继续问道：“要不要过去帮忙啊！”桑吉听到墨镜男的声音低沉、磁性，还有点好听。

“不用，差不多弄完了，你先去洗洗脸休息吧。”

待那男子走后，扎西乡长对大家说：“这个人是江白，毕业分配到这里已经三年了，他家就住林芝地区，一有假期就回地区照顾老父亲，不错。乡里这样优秀的年轻人之前也有好几个，但都一心想调走，后来也都走了。可是江白不同，县里几个好单位要他，他都没去。”

“为什么不去？”其美杏眼圆睁，急切地问。

“以后你们就知道啦！”扎西乡长意味深长地回答。

[1] 波密方言，意为“辛苦啦”。这是波密人见面时的寒暄语。

[2] 波密方言，意为“不辛苦”。

其美对着他们仨耸了耸肩膀，幽幽地说了声："可能是个奇葩！"

桑吉、旺杰和多吉不假思索，纷纷点头附和。

接下来的这几天，年轻人们就开始正式上班了。

十月中旬，雨水还在淅淅沥沥下个不停，如果没有阳光和炉火，人体感觉一定是湿冷的。因此，早晨当大家围坐在办公室里聊天时，都会端着一个倒满热水的杯子取暖。烧水和添水也成了新生日常工作的重要组成部分。桑吉、多吉和其美手脚勤快，对所有老干部都毕恭毕敬，每个早晨抢着烧水、打扫卫生，下班后则是争取最后一个走出办公室。

这几天，桑吉、其美和多吉最重要的工作就是守着办公室的座机，一旦县里有电话，就要第一时间通知书记和乡长。这样的工作对于本科毕业生来说未免过于简单，三人心里都热切希望领导能安排更重要、更复杂、更能体现价值的工作。他们都有点羡慕旺杰。不过对于负责全乡电视工作、"早出晚归"的旺杰来说，这几天却是闷闷不乐。这天吃午饭时，他终于愤愤的表示自己对这工作已深恶痛绝了。

"我操！再让我去干什么负责电视的工作，我就辞职不干了！”旺杰突然放下碗筷。

“怎么了？不是你自己争取的吗？”桑吉不解的问。

“哼！桑吉，真应该把这所谓的好差事让给你！”旺杰瞪大眼睛说。

“你看！”旺杰摊开手心，让大伙看。只见旺杰细嫩的手心里几道新近的刮痕。

“每天我得一早爬到这半山坡，”旺杰指着后山，仿佛大家能透过房间的墙壁看到山坡似的，“就把那电源闸头拉上去！”旺杰做了一个把电源闸头掰上去的动作，可这动作夸张的就像董存瑞炸碉堡。

“每天晚上11点再掰下来，就是开、关闭路电视！这是什么电视工作啊，搞笑！昨天晚上我回来时……你们知道夜晚的青冈林多恐怖吗？我昨晚好像听到有猫头鹰的叫声，在我们拉萨这声音可不吉利……”旺杰斜着眼睛，诡异地说。

多吉凑近江白，似乎也感到不可思议。其美却不耐烦了。

“行了，你想说你见鬼了？”

旺杰瞟了其美一眼。

“听了这个声音后，我脚底一滑，直接嗖嗖地滚下去了两米左右，这手就这样了。我甚至……我甚至想起了……”旺杰眯着眼，似乎正在回忆那一幕。

“三个石头！”旺杰的这三个字几乎就是从嗓子眼里挤出来的。他说完叹了口气，皱着眉头看着手心。旺杰虽讲得一本正经，却引得大家大笑。

“三个石头不是专门找女的吗？”多吉认真地问。话音刚落，桑吉和其美又是一阵大笑。

旺杰张着嘴，斜着眼睛，学着韩国“欧巴”的神情说：“大哥！黑夜里伸手不见五指的，谁看得清是男是女啊？！”

大家更乐了，其美几乎是把饭菜都喷出来了一点。

# 极品江白

一周后，几个新生就不怎么为工作的事情烦恼了。

旺杰嘴上抱怨，但还是每日按时继续着他的“电视工作”。他说上山时总能遇见乡完小年轻的女老师，他很庆幸至少乡完小没有从山坡上搬走。对于桑吉、其美和多吉来说，工作也不只是“守”电话了。桑吉发现基层工作和她以往想象的有些许不同。以前她多少是有些偏见的，认为乡里的工作肯定是闲散而无聊的，基层生活是让人消沉并逐渐失去自我的过程。可在这一个月中，她发现生活忙碌而充实。桑吉记得之前县委书记说过，下乡要当“万金油”，什么都得会，桑吉觉得确实如此。就拿刚刚过去的一周来说，周一、周二乡政府干部们分组下村了解民情，填写人口普查的调查问卷；周三整整花了一天的时间清理水沟；周四李书记带着几个党员慰问了几个对口的困难户，桑吉还写了简报；周五大家伙儿拿起铁锹将乡里大垃圾箱积存了一整年的垃圾清理、运走了，并且当天几个新生还拿到了毕业两个月的工资补助。当然，周五下班后，乡里的年轻人就迫不及待地穿上漂亮衣服，打算进县城过周末去。

这是正式上班后的第一个周末。附近乡镇的年轻人都不约而同地赶到了县城，仿佛是来参加一个共同的聚会。桑吉和其美住在了她们之前住过的县委招待所。桑吉不喜欢宾馆那条阴暗狭长的走廊，但其美却说这儿便宜，安全，性价比高。旺杰则带着多吉住在了县城一个新朋友家里。

一到县城，女孩子们大多是找淋浴店洗澡。桑吉和其美发现县招待所的淋浴不能用，只是个摆设，就匆匆拿出洗漱用具和换洗的内衣裤，到大街上找淋浴店。这一找才发现，县城的小淋浴店子多如牛毛。她俩最终选择了一个门面简单的淋浴店，各自泡了一个木桶。

“很多淋浴店都带那种按摩的哟！”其美神秘地说，随即往脸上敷了一层补水面膜。

“哦！”桑吉躺在热腾腾的木桶水里，双手拨弄着水面漂浮的几朵干玫瑰。她无心猜度另类“按摩”所带来的暧昧感，此刻她只感觉到热气腾腾的水汽让她浑身酥麻麻的，思维暂时放缓了，毛孔打开了。这周挖水沟和倒垃圾所出的汗都能洗干净了，身上会通透、散发香气，真好。一周泡一次木桶，这真是天大的享受，以前怎么没发现呢？桑吉决定往后一到县城，都要像今天一样好好的泡泡澡。

洗完澡，桑吉和其美来到临街的“小李子”面馆吃牛肉面。

“真好，发了工资的感觉。”其美说。

“真好，手机有信号的感觉。”桑吉说。

两人相视一笑，其美拿出手机和父母打起了电话。桑吉也给父母拨通了电话。母亲的情绪在桑吉快乐地讲述乡村生活后，也明显变得欣慰起来。

“我知道，其实乡里生活也不差，我和你爸爸都是从农村出来的嘛，就是怕你们这些一直在内地上学的孩子娇气，不能适应……”。

没等母亲唠叨完，桑吉的父亲就抢过电话问女儿：“回地区的车子方便吗？最近路况怎么样啊？”

“爸，只要不塌方，去地区的车子天天有，自己可以选车呢……”

母亲又把电话抢了过去：“哦对了，桑吉，前两天有个拉萨的小伙子，我看座机来电区号是拉萨的，他问你的电话，我把你的新手机号码告诉他了啊，哎呀你那里连个信号都没有，他也肯定联系不上你。”

“阿妈，他叫什么，有提起吗？”桑吉问道。

“没有，那孩子什么也没有说。”

“好的，阿妈。我知道了。”

桑吉想着打电话的男生一定是她的某个同学，并且这个同学一定是分配到了拉萨，他会说“是金子到哪里都会发光的”之类的话。哎，此刻她感觉很好，不希望有人煞风景的来进行多余的安慰。

两个女孩一边吃面一边各自打着电话。俩人的头发半湿，皮肤在刚刚沐浴之后显得粉嘟嘟的。桑吉穿着烟灰色的呢子大衣，修身牛仔裤和一个蓝色大布包，黑色的卷发就像方便面遇到了白开水，卷曲的厉害，大圆眼睛清澈有神。打完电话，两个年轻姑娘继续“扑嗤扑哧”地吃着香辣的红汤牛肉面，吃得很干净， 连一口汤都没有放过。小面馆里，人进人出，店小二热情的招呼着客人。

由于波密县地处318国道必经之地，这里的流动人口极多，四川人、康巴人、后藏人[1]、回族人、贡布[2]人、墨脱人都在这里融合、来往、发展。虽然这里离林芝地区和昌都地区都尚远，却反而造就了相对独立、繁荣的小经济圈。县城只有一条主街道，但是这里饭馆、宾馆、美容店、酒吧等一应俱全。到了夜里，临江路上还有烧烤一条街。分配至此的年青人到了县城之后，总要聚会泡吧，之后在这里吃个烧烤醒醒酒。

晚上，桑吉和其美接到旺杰的电话，邀请她们一同去酒吧玩，当然还有多吉和旺杰的新朋友。

桑吉和其美来到这家明明卖的是酒，却写着“水吧”的酒馆。旺杰、多吉和他们的一个新朋友正玩着筛子，旁边是一箱已经打开的百威啤酒。

“这是我师哥，同一个学校毕业的，他在波密电信工作，我刚到波密那天，早晨吃包子时认识的。”旺杰介绍道。

这位大哥看起来年纪不大，但是身体已经略显福态，有了“啤酒肚”。

[1] 指拉萨、日喀则、山南一带的藏族。

[2] 指林芝本地人。

“师哥好！”桑吉和其美也这样称呼着。

“坐坐，大家都是朋友了啊，出门就靠朋友了。县里有什么事情，尽管找我。你们那个扎西乡长我认识，还有那个江白，高个儿那个，我也知道啊！”师哥听起来是个“老波密”。

“我和你们那位扎西乡长是第一届西藏班的，同一个班毕业的。人不错，就是婚姻不幸，老婆调到地区工作后，两个人就因为长久两地分居，离婚了。他人缘好，工作开展得也不错……那个江白，从小在波密长大，后来他们家都搬到地区上了，家境不错。就是一个缺点，死脑筋，他们家给他在县里联系了好几家单位，他都不调，非得守在松宗。整得跟个英模似的，呵呵！”

师哥很健谈，一边给他们四个轮流“打桩”，一边絮絮叨叨的讲个没完。桑吉发现师哥的啤酒几乎是一口一杯，一副江湖大侠的气派。旺杰和多吉也喝多了，玩的筛子几次都甩到了桌底，还是服务员拿了新的来。其美酒量不错，喝了一会儿就跑到舞池里跳锅庄[1]。

桑吉不喝酒，她只有在大学四年级同学新年聚会的时候

[1] 藏语中意为“围成圈跳舞”，是一种藏族日常民间舞蹈。

喝过一点，三杯啤酒下肚后就已经面红耳赤，傻笑次数增多。还好诺杰一直陪着护送到女生宿舍门口。桑吉当时还说了后来令她每每忆起都会脸红心跳的话。

她突然依偎在诺杰胸口，喃喃地说：“能一直这样吗？”。

诺杰捧起她的脸，温柔地问：“嗯？你刚才说什么呢？”

桑吉摇头笑了，她觉得很害臊，就大步流星走向女生宿舍，回头向诺杰招手道再见。

桑吉还记得自己红着脸、傻笑着走进女生宿舍时，看门大妈严厉地审视了桑吉若干秒，之后以迅雷不及掩耳之势，把放在走廊里的暖水瓶都一一搬回了屋内。

今晚桑吉在大家伙的劝说下也喝了点啤酒，她感觉腿部开始发麻，思维却异常清晰起来，往事历历在目，她突然有些伤感。桑吉摇摇头，强迫自己回到现实中，回到酒吧里。

锅庄舞已暂停，现在跳的是迪斯科舞曲。桑吉开始观察起舞池里众人的舞姿，有人是和异性眉飞色舞的跳，有人则是轻扭身躯、羞涩的跳。在舞池的正中央，桑吉看到一个闭眼跳舞的中年女子。她身材有些发福，衣着落伍。从她的舞姿看来，她不善舞蹈，没有韵律感，但桑吉总感觉人群中只有她是在真正的舞蹈。借助酒精，她用力扭动着手臂和臀部，在五彩灯光下，她还不时的转上几圈，尽情发泄着靠酒精顺带出来的某种情绪。这位中年女子让桑吉不禁心生黯然，她是一个弃妇？或是刚经历了什么不幸的事？

桑吉回头看伙伴们，都已经是东倒西歪了。她幽幽地端起酒杯，自己干了一杯。这时正在人群中跳热舞的其美走来抓住桑吉的胳膊。

“这会儿不劝你酒，倒自己喝起来啦?闷骚什么？来，跳舞！”。

其美醉了，不停地笑着，眯着眼睛，酒窝深深浅浅，拽着桑吉在舞台上不停旋转，周围的人也拍手鼓掌，毕竟是两个青春逼人的姑娘啊。桑吉最先有些羞涩，后来也跟着其美旋转起来。在酒精和灯光的作用下，桑吉感觉周围的景物开始变得模糊，时空似乎不存在了。在嘈杂的音乐声中她尖叫、狂笑，最后索性扔掉发带，拨乱头发，开始摇头晃脑、神经质的跳。她知道自己也不善舞蹈，因此此时虽然是酒醉状态，但桑吉内心一直在不断的自嘲：桑吉啊，桑吉啊，你的舞，跳得一定很像那位中年阿姨。

# 53 极品江白

星期天中午，在县城里度完周末的年轻人们要各自回乡里了。他们中有人租车，有人搭便车，而回松宗大概是最简便的了，因为有10元钱的大巴车。回乡前桑吉、其美、旺杰、多吉四人来到波密县菜市场，买了蔬菜、猪肉罐头、午餐肉还有大米。

“有好消息噢！”旺杰神秘的说。

“下周乡里要分肉了，我们可以晒‘夏干布[1]’。”

“分什么肉？”桑吉没有弄清楚。

“就是乡里一起买了新鲜牛肉，下周分了作为福利啊，江白哥说的。”旺杰回答。

“江白？他在哪里？上周不是没有和我们一起来县城吗？”多吉问。

“嗯，他周五下午是没有来，但是昨天早晨，扎西乡长家里有事，江白就帮忙来了。这会儿在车子上呢。”旺杰回答。

“走吧，走吧，晚了就没有位置了。”其美嚷嚷着。

上了车，桑吉发现江白就坐在自己和其美后面。

“江白哥，扎西乡长家里什么事情啊？他今天怎么不一起回去？”其美说。

[1] 藏语中意为风干牦牛肉。

“哦，就是扎西乡长搬家，我上来帮忙了。不过还没有弄完，扎西乡长家里是老父老母的，他就请了明天的假，说弄完就回去。”江白用低沉的声音回答。

桑吉注意到江白说话时语速偏慢，并且他的眼睛……这是她第一次近距离看他的眼睛，他是单眼皮，但很深邃，有着大海深处的那种静谧。这种静谧仿佛是来自于对世事深思熟虑过后的一种淡泊。桑吉在一些僧人的身上曾感受过这种气息。

“江白哥，下周要分牛肉吗？”

其实令桑吉感兴趣的并不是牛肉，而是她想和他说话。她对自己很愿意和他交谈感到诧异。桑吉的个性内向而羞涩，很少主动和异性攀谈，更是很少和他们嬉笑打闹。正因如此，很多男生都觉得桑吉有些清高。

“嗯，是的，不能天天吃罐头啊，是吧？”

江白微笑着说，露出一口洁白整齐的牙齿。

桑吉“嗯”的应了一声，转身望着窗外的风景。她的心情莫名的感到舒畅。

桑吉一直坚信这世界总是有一些人和事物，比如下细雨的夜晚，比如晚年依然清瘦的奥黛莉赫本，比如披头士的那首《Yesterday》，再比如梵高的画作《吃马铃薯的人》，这一类事物的存在似乎总是在提醒你，美好一直存在。桑吉不知道刚刚才算认识的江白为什么会给她带来美好的印象，他的声音、眼神和气场，让桑吉觉得自己的每一颗细胞都很放松，很“暖”。如果非要细究这种好感，可能要把弗洛伊德老人家请出来，再把童年的经历、梦里的境遇统统作一分析，才会将潜意识里那些个“致美”因子找出来，可是，这又何必呢？美好和丑陋的区别是，有没有人在乎它的出处。丑陋导致病态和不幸，医治起来需要追根溯源；而美好，从来不需要说明来意，它来了，就是来了。当然，桑吉明白，给自己带来美好感受的还有外面的风景，她开始真切的感受到，每每穿梭于县城和松宗乡之间，真是一种视觉和心灵上的享受。

“桑吉，你看这山……”

车辆行驶到一半的路程，江白从后面拍拍桑吉的肩膀，指了指道路右侧的山坡。

“这上面有一个泉水，叫喊泉。只要对着山喊出声来，泉水就会自动流出，平常可是没有水的。”

“真有意思！”桑吉顺着江白所指的方向望去，其美也转过身来看身后的那座山。

“喊泉？下次带我们去看啊，江白哥。看我们誰的嗓门大！”

“呵呵，好的，不过喊泉不会看谁的声音大，而是听谁说的是真话。”

“真的？”桑吉和其美齐刷刷转身问。见江白温吞吞地咧咧嘴、露出洁白的牙齿时，俩姑娘才知道自己当然是上了当。

# 秋日麦浪

“多吉，一块……其美，一块……桑吉，哇！瘦小的桑吉是一个最大的牛腿肉！”

旺杰弓着身子奋力将牛腿肉仍向一边的塑料袋上，只见牛腿肉沉沉落地，乡里的男人们都大笑起来。

一大早，仲美村的百姓就将乡政府集体买的牛肉送了过来。为了尽量平均分配，乡里的男人们都拿着自家的菜刀，将牛肉均匀地切成块。书记和乡长将早已准备好的十几个大塑料袋子铺在地上，上面贴上了每一个乡干部的名字，然后由工作人员将肉随机的逐一放进塑料袋里。肉分着分着，大家索性就直呼人名。可当把人名和牛的某个具体部位联系在一起时，就会产生一定的喜剧效果。

“其美，肩胛肉！”

“书记，牛尾！”

“旺杰，蹄子！”旺杰一边有气无力的说着，一边挺起身，抓着毛还没有剃干净的牛蹄子看个究竟。

“哈哈哈，你可以做冻肉啦！”乡里一个当兵复原的干部仁青指着牛蹄子说道。

“唉呀，我要风干‘夏干布’，这个没有用啊！送给你！”旺杰耸耸肩膀，将蹄子扔到了仁青的塑料袋里。

桑吉从二楼办公室里远望着男人们分牛肉的场景。李书记今天让桑吉守着办公室里的座机，以防县里来电话突击查岗或者安排重要工作什么的。桑吉就一直守着座机，在办公室里踱来踱去。天气阴冷，她本想坐下来看看小说或者记记英语单词什么的，但冷得坐不住，只能看看窗外分肉的场景又或者去楼下找守着乡长办公室座机的其美聊聊天。

“扎西乡长说晚上在他家里吃火锅，今天的牛肉分完会有剩余的，他和江白那里还有些蔬菜，我们烫火锅吃。对了，多吉家里还有些土豆和粉条，到时候拿过去烫。也就是说晚上我们四个不用开火啦，让我休息一下，你也不用洗碗，嗯？”其美说。

“好，好，我们也好久没吃到新鲜肉了，总是猪肉罐头和午餐肉。看我牙龈肿痛，都上火了。”

“桑吉，你说，说说多吉这个人，怎么样？是不是有点傻？”其美突然问道。

“不傻吧？为人随和、努力，藏文又好。干嘛？你今天上午就一直在想这个吗？”桑吉睁大眼睛问。

“没什么，我觉得他又闷又傻。有时候还很讨厌，总是对着我干。但是吧，有时候又……挺好，我觉得他有点傻郭靖的感觉，哎呀说不清。算了。”

“桑吉！桑吉！”桑吉正想好好调侃其美几句，却听到窗外江白的叫声。

“江白哥，有什么事啊？”桑吉隔着半开的窗问。

“桑吉，我们还在分肉，来了村民，你能帮我卖化肥给他吗？来我办公室一下……收个钱、登记一下……”

“哦，好的。”

桑吉走出去，回头又看看其美。

“一个人别想太多了啊！”

桑吉对着其美扑哧一笑，其美则是鼓着嘴，佯装恼怒。

江白的办公室也在一楼，和仁青是同一间。天冷了，平日乡里的男人们很少在办公室待着，都喜欢在办公楼下面的太阳底下站着。他们低着头、弓着背、背着手，用脚在泥土地上比划着聊天。曾有几次，桑吉从二楼往下望去，觉得他们围拢又分开、分开又围拢的样子就像一群低头觅食的大鸟。这群大鸟，在阳光下一聊就是一上午。但和别人不同，江白多数时候都会待在这间办公室里，似乎乐于独处。桑吉不禁佩服起江白的定力，因为这间办公室在阴面，如此阴冷的办公室，江白居然一待就是一整天。

江白打开上锁的抽屉，取出卖化肥的登记本。桑吉见他的桌上放着两本小说，《百年孤独》和《麦田里的守望者》。

桑吉拿起《麦田里的守望者》。

“这是我很喜欢的小说，在学校就看过两次。”

“是吗？那这个，你看过吗？《百年孤独》?”

“没有，光看书名我就不敢看，不是说不好，而是……就是不敢看《百年孤独》，还有像《堂吉诃德》这样的书。”

“为什么？”江白拿出登记本递给桑吉。

“不知道，有种伤疤要被揭开的感觉。还觉得……堂吉诃德应该很像自己。”桑吉歪着脑袋认真的看着江白。

“哦？！哪个自己？你自己吗？”江白眼神带着笑意。

“不是，所有人的自己。”

江白望着桑吉的大眼睛，那是一双时而欢喜，时而陷入沉思的眼睛。

“你会有这种感觉？”

江白也同样歪着脑袋看桑吉。桑吉突然觉得江白个子确实很高，大概有1.82的样子，细眼睛，高鼻梁、外形可以说是清秀了。昨晚吃饭时，其美还说江白像韩国明星Rain，确实有几分相似，桑吉心想。

江白认真地看了桑吉几秒，随即点头微笑，似乎对刚才桑吉的说法有些心领神会了。

“对了，桑吉，卖化肥时让村民交钱啊，也有些人要赖，会赊账，最后就不给了。我之前自己就垫过一些钱。”

江白吩咐完，走出办公室，之后又若有所思的回头说：“不过那些书，你还是应该看看的。就像我们每天要照镜子。哦，你家里买镜子了吗？还是……腊肉？”

“什么？”桑吉一时不明白。

“哈哈，没什么，扯远了。我忙去了！”

江白说完就迈开大步走了，剩下桑吉对着《百年孤独》发呆。她从桌上慢慢拿起这本小说。

“加西亚·马尔克斯……嗯！”桑吉嘟着嘴自言自语道：“下次我就收了你！”

晚上，扎西乡长和江白准备好火锅后，把大家都请了过来。李书记从家里带了一瓶二锅头，旺杰从乡小卖部买了一箱子百威啤酒和3大瓶可口可乐。大家兴致勃勃，准备美餐一顿。

波密一带的人，口味几乎都是川味的，本地老百姓更是无辣不欢。每天早晨，人们喜欢将本地产的干辣椒磨成粉、放入盐和蒜末，将刚烙好的饼子沾着新鲜的辣椒吃才过瘾，有的人甚至就用尖椒沾着盐直接下肚。因此今晚当乡干部们看到两桌红汤火锅，热气腾腾，空气里弥漫着麻辣香时，大家立马卷起衣袖，没有任何开场白就开吃了。

外面天色已暗，初冬湿冷的感觉开始侵袭大地，而室内由于火锅和酒精的作用，暖意十足。书记、乡长、仁青等人已经是面部绯红，说话声也大了起来。书记那桌划起了拳；桑吉、其美等几个女士则玩起了“石头、剪刀、布”的游戏。

正在大家吃得香、聊得欢时，门被“吱”的一声的推开了，门口站着一个衣着破烂，蓬头垢面的男人。没错，是桑吉刚到松宗那天，在自家门口见到的古怪男人。

男人手里依然捏着三个已经发黑发亮的石子儿，他一闯进来就定定的看着桑吉。桑吉吓坏了，立马躲在一旁的江白身后，江白则下意识地护着桑吉。

“三个石头，你干嘛？回家去，啊，回家……”扎西乡长对他说。

“他今天不走了，你看嘛，桑吉的红外套……”仁青正说着，这个男子就已经走进屋来，他面部狰狞、目露凶光，盯得桑吉全身起鸡皮疙瘩。桑吉下意识的抓紧了江白的衣袖，缩到了江白背后。

“哎呀，不是你老婆！回去，回去！”虽然扎西乡长严厉斥责，但这男人今天表现的比平日更为癫狂，他抬起手臂，攥紧拳头，额头上青筋暴出，大口喘着粗气。

见此状，江白、多吉、旺杰、扎西乡长、李书记等人一起上前把他抓住，并合力把他往外拽，谁知那人的双脚就像被涂抹了万能胶，牢牢站在地上，难以动弹。

就在情急之时，门口突然来了一个老妇，用波密本地话对着那个男子说。

“朴[1]，玉珍刚才来了电话，说过两天就回家，她在四

[1] 藏语中意为儿子。

川呢，这个不是你纳木[1]。”

老妇人一边说，一边走进屋，抓住男子的手臂，掰开男子粗大的手指头，把他手里的三个石子儿一一抠了出来。那男子听了，突然神情黯淡，不再盯着桑吉看。他低下了头，像一头被驯服的野兽，发出“嗯，嗯”的声音，半晌，他步伐缓慢地跟着老妇人走了。

扎西乡长和大伙儿再次坐回了冒着热气的火锅旁。四个新生都放下手上的碗筷，望着乡长，希望继续上次在木材厂未完的话题。扎西乡长见他们仍然很疑惑的样子，就开始详细讲起了“三个石头”的故事。

“哎，‘三个石头’真名叫洛桑，是查绕乡的村民。他一直在本地长大，波密县中学毕业的，长得不错，爱弹吉他，吸引了很多女孩子。后来跟一个叫玉珍的姑娘好上了。他们一起务农，一起外出打工，又结了婚，之后和他母亲，就是刚才那位老太太一起生活，后来村里来了一个施工队，玉珍就变了心，跟着包工头跑了。三年了，没有音讯。他就疯了。”

“那么脆弱啊？是不是本身就有精神类疾病？”旺杰

[1] 波密方言，指女人，这里指老婆。

问。

“可能吧，我们也不清楚，听说他老婆喜欢穿红色衣服，从此他专门攻击穿红衣的女子。”

大家齐刷刷地看着桑吉的红色风衣。桑吉想起自己刚来松宗那天也是这身外套。

“怪不得呢！”大家纷纷议论。

“妈呀，以后谁还敢穿红衣服啊！”其美大叫。“而且查绕村离这里还那么近……”

“以前还是一个很精神的小伙子，听说足球也踢得很好。”江白若有所思地说。

“好了好了，咱们不说这个了，吃饭啊，看筷子都硬了，来吃啊，快吃。”李书记说。

乡里的老同志们大概是早习惯了“三个石头”的疯癫样儿，大都已拿起筷子继续吃起了火锅。锅内的红汤沸腾了，香菇软趴趴地浮着，土豆和粉条也煮烂了，汤汁变浓了。有人盛了米饭，用漏勺捞起沉在锅底的鹌鹑蛋和藕片吃。桑吉惊魂未定，呆呆地望着火锅冒出的热气，心里仍回味着“三个石头”的悲凉故事。江白见状，就捞了一块牛肉放进桑吉碗里。

“来，压压惊。”他冲她微笑，桑吉木木地点了点头，缓缓拾起桌上的筷子。

周六早晨，风和日丽，乡里每一间屋里冒出的轻烟都是笔直的。

桑吉早晨八点起了床，洗漱完毕，吃了点“3+2”夹心饼干，喝了点热水，就在屋外不算暖和的阳光下晒着。自己屋里没有火炉，只有一个小电炉，但是已经烧坏了，乡里的电压极不稳定，像高原上的巨大温差，让人无法寄希望于用电取暖。桑吉看到对面书记的老婆，看样子她很早就起来了，她进进出出、忙里忙外，腰间系者深蓝色的碎花围裙。乡小卖部的四川老板关了店子，吹着口哨，开着他的面包车走了，大概又是要到县城进货去了。多吉家里的烟囱没有烟子，一定还在睡梦中，这个又闷又傻的男孩，按其美的话来说。所以，此时不能去多吉家。这个周末注定是安静的，年轻人也没有时间去县里玩了，因为书记说星期天县里要来检查组，谁都不能离岗。大概不到十一点，多吉、旺杰和其美是不会起床的，等他们起来了，也就只是待在各自的办公室里喝茶聊天。桑吉想到这里，就早早去了办公室，打扫了一下卫生，又把该准备的文件、会议记录和简报之类的都整理好了。

闲暇之余，就独自爬上了后山，她想去麦地里散散步、溜达溜达。

桑吉爬到半山上已是正午时分，此时的麦田在阳光的照射下泛着金光。风一吹，麦浪整齐地朝同一个方向“点”着头。桑吉盘腿坐下来，在麦田边晒着太阳、眯着眼睛发起呆来。来到松宗已一个多月了，一切没有想象中那么糟糕，甚至还开始觉得有那么些意思。就拿这片麦田来说，在蓝天白云之下，在青山和溪水之间，在黑色的沃土之上，这里是一个让人如此放松和自我统一的地方。桑吉开始明白《麦田守望者》中霍尔顿为什么那么迷恋麦田了。桑吉索性仰躺在草地上，看看蓝天，又闭上眼睛，感觉很逍遥。她想起《苔丝》里“让灵魂飞走”的办法，即晚上躺在草地上，眼睛笔直的望着一颗又大又亮的星星，会感觉灵魂离开身子好几百里。此刻虽然不是夜晚，没有星星，但桑吉觉得浑身酥软，内心欢喜，心在云间飘荡。

“嘿！”

恍惚间桑吉听到一个低沉的声音，这是一个男人的声音。桑吉立刻坐起来，四处寻找那个声音的来处。没有一个人。桑吉的小心脏立刻“扑通扑通”跳了起来，她感觉此时被吓得灵魂真要出窍了。她想起了“三个石头”，立刻看了自己的衣服，烟灰色的呢子大衣。

“嘿！”

那声音再次想起，桑吉发现到左侧麦田边上有沙沙作响的声响。桑吉壮着胆，轻轻地走到那侧的麦田边。正在桑吉弯腰、拨开麦子的时候，麦田里的那个人一下子就跳了出来。桑吉一看，原来是江白！只见他笑弯了腰，头发和翻皮外套上沾满了青稞穗。桑吉很想生生气，如果换作是多吉或者旺杰，她肯定会狠狠骂两句。可眼下是江白，头发上还粘着麦穗，笑起来像个顽皮的大男孩。

“你在这里干嘛呢？”桑吉轻声责问。奇怪的是，她觉得此刻的心跳更快了。

“我，我，我……”江白笑得合不拢嘴。

“再笑，我就生气了！”桑吉睁大眼睛嘟着嘴说。

“我经常来这里，今天来这里，一看你像个外星人一样躺着，我就藏了起来，怎么，以为我是“三个石头啊？哈哈……”

桑吉轻轻瞪了他一眼，回到刚才自己躺着的草地上，一屁股坐了下来，眼睛继续看着麦田。

“他也挺可怜……算是有情人吧。别总取笑他了。”

桑吉慢悠悠地说，“你看，西藏早已经没有了大海，可是有麦田。很像大海呢。”

桑吉坐下来，双手环抱着双膝，下巴贴着膝盖，语速比平日慢，神情慵懒。江白收起了笑脸，也在桑吉身边坐下，双手抱着膝盖。微风吹来，两个年轻人柔软的头发被轻轻吹起、朝一个方向飞舞。

“嗯，确实像海。你也喜欢这样的地方？我也喜欢，并且一辈子不想离开。”

桑吉突然想起别人说的，江白不肯调动的事情。

“你，为什么不愿意调走？也许会有更好的发展前途和物质条件。”

“这里也好啊。喜欢乡里简单的生活。还有美丽的风景。”

“哦？几个月前，我一直在为毕业分配到基层而感到苦恼。到现在有时也会羡慕分到拉萨的同学呢。”

“嗯，每个人的志向不同。在我看来，我喜欢这种生活。读书、工作、吃饭睡觉、看风景。偶尔写点东西投投稿。”

“写些什么？投到哪里？”

“就一些网络上。不起眼的。”

江白语气放松、声音柔和，他眯眼看麦田，细长的眼睛在眼角处弯着，鼻梁骨很挺，透露出一股天生的傲气，而这种傲气平时在他身上是难以察觉的。桑吉望着江白的侧影，觉得他神秘的气质有点像《刀锋》里的拉里。

“哦，痞子蔡？《第一次亲密接触》？”桑吉微笑着问。

“对，差不多。”江白回答，眼睛仍然凝望着麦田。“这里是我从小长大的地方，我的家乡。你呢？哪里人？”

“嗯，我老家在热振。我幼年在那里，那里有松柏、寺庙和赤辛梅多。”

“赤辛梅多？是一种花吧？不知道林芝有没有？”

“不知道。一直不知道她的学名。只知道她很香，杆子笔直，长在最干净的清泉边，在我的家乡热振，人们就叫她赤辛梅朵了。赤辛在藏语里就是‘气味很香’的意思嘛。这种花，我刚才说了，杆子很直，亭亭玉立，长在溪水边。如果你在林芝见到了，就告诉我，我想拍下它再裱起来，挂在屋里。”桑吉笑着望江白。

“听乡里的干部说，你行为艺术。”

“什么意思？”

“家里挂了一个木头，形状像火炬，你还用口红把‘火焰'部分染红了？”

“对，可是上次多吉看到的却不是艺术，他问我家里是不是挂了块腊肉？”

“是吧？！我就说呢！”江白爽朗的笑了。

“对了，我带了书。”江白起身从牛仔裤的口袋里取出一本书，是黑色的封皮，还有点皱巴巴的。

“《吉檀迦利》……”桑吉随手拿过来翻看，发现里面的很多句子是用铅笔划出来的。

“大学校园里的旧书摊上买的，你看这句……”江白凑近桑吉，一只手熟练地翻开书页，并开始用那低沉的嗓音轻声朗读了起来。

“离你最近的地方，路途遥远，最简单的音调，需要最艰苦的练习。

旅客要在每个生人门口敲叩，才能敲到自己的家门，人要去外面到处漂泊，最后才能走到最深的内殿。

我的眼睛向空阔处四望，最后才合上眼说：‘原来在这里！’”

“怎么样，写的真好！这样的句子通篇都是，我恨不得全都背住，这本书我看了无数遍。我很希望将来能全部用英文阅读，只是我的英文还需要加强学习呢。”江白笑着说，一副憨憨的样子。

“我学文学专业，从华中师大毕业。从大学那会儿就喜欢看书，到了乡里就养成习惯啦！”江白今天格外健谈。

“嗯。你觉得国内的诗人呢？现在这个社会很无趣，诗人要消失了。”桑吉问。

“如果只是在被人崇尚时存在，被人遗忘时消失，那诗歌的存在太媚俗了……我觉得诗歌一直在的，也许是潜伏在人的心里，但从来不会消失。对了，我想如果有机会，在乡里成立一个学习班什么的，给村里的孩子教读诗歌、演话剧，我想告诉他们外面的世界有多么精彩。”江白说。

“最后，最后又猫在原地吗？呵呵，开玩笑，你打算一直留在这里？”桑吉问。

江白回头看桑吉，若有所思的微笑。

“好了，小姑娘，我们谈了这么些抽象的东西。该说一下具体的东西了。秋收工作接近尾声了，很快，这里就要收割了。那现在我问你，这里的麦田，你喜欢的，请问哪些是小麦，哪些是青稞？”

这个问题问得桑吉面红耳赤。四体不勤、五谷不分，桑吉讨厌这种感觉。

“不知道。”她最后还是老实的回答。

“记住，无论你走哪里，左边是小麦，右边是青稞。”

“左边是小麦，右边是青稞。嗯！知道了！”

桑吉站起身，望着两边的麦田，并重复记忆着，她猜想这大概是农村播种的习惯吧。正在她暗自琢磨时，只见江白坏坏的笑着，一副忍俊不禁的神情。桑吉突然觉得刚才的话有些问题，因为当她转身时却发现左右颠倒，难不成在区分麦子和青稞时候，还要面向一个固定的方向？是面向东方吗？正当桑吉进一步思索时，看到江白脸都憋红了，随即“扑哧”笑开了。

桑吉顿时明白了江白的玩笑，她红着脸，追打着欲逃跑脱身的江白。

“太过分拉！江白哥！”两个人嬉笑打闹着。江白往山下跑，桑吉追着。他们一口气就跑到了山下的“瀑布”边。

其美正在河边洗衣，一抬头就望见了他俩。

“我说桑吉你去哪里了呢！你们这是干嘛啊？盔甲山都要被你们的笑声给震到了！”

桑吉红着脸说“你起来啦？洗衣呢！我来帮你吧……”说完就丢开江白，来到河边和其美一起忙开了。

江白双手揣在裤兜里，站在河边看她俩洗衣。过了一会儿，他微笑着走开了。桑吉抬头望了望江白的背影，他腰间挂着刻有十二生肖图案的“枚龙”[1]，身后裤兜里是那本泰戈尔的诗集。一个随身携带着诗集的男子，真是从某个文艺复兴的年代里穿越过来的吧？桑吉心想。

第二天上午十点，乡干部们开始在办公室里喝着茶水继续等候着。书记时不时站起身来，拉开窗帘，密切观察着318国道上有没有县委领导的车子。大概在十一点左右，他看到了三辆越野车从国道左拐驶入了乡政府大院里。

“来了！来了！”

书记语气急促的通知大家，大家也都挤过来撂起窗帘看，见领导们纷纷下了车，朝乡政府办公楼走了过来。大家

[1] 指九宫牌护身符，藏族男子常挂在腰间避邪。

迅速整理衣冠，纷纷走出办公楼去迎接领导。四个新来的公务员，其美、桑吉、多吉和旺杰也冲了出去。旧人大都有很多顾及，纷纷靠后，而新人大都单纯，有事做事，很少考虑其中复杂的人物关系。此刻，四个初来乍到者满怀欣喜地率先来到了县委领导跟前，并且伸出手主动和领导握手。

“看看这些新来的，多爱表现。”仁青对一旁的书记说。

“我们就应该这样热情，不是吗？”江白却说。

“啧啧，你看上谁啦？”仁青笑着看江白。

四个年轻人并没看出什么不妥，他们见领导很随和，就开始作起了自我介绍，其美表现的最突出。

“部长，听说你们要在过年前抽调各个乡镇干部去县里排舞，后面还有演出。我喜欢跳舞。可以试一下吗？”。

这位县委宣传部部长充满善意的着看其美，就像看着一头初生的牛犊。

“啊，好好，呵呵。下次就让乡里派你出来嘛！”

部长虽然已经有40岁出头，但身材欣长、皮肤白皙，谈笑间透露出儒雅的气质。

“你呢，学新闻的，我们县电视台需要啊。好好学习写简讯啊！”部长也鼓舞桑吉。

“嗯，好的部长。”桑吉回答。

“我在学校也是校园广播电台的记者和播音呢！”其美继续说。旺杰和多吉都有点异样地望着其美。

“那更好啊，下次你们乡报简讯时，就你来送，顺便试一下镜啊？！我们县电视台就是需要好的电视新闻播音员。”

部长很有兴趣地看着其美，其美则因得到部长的认可而表现得神采奕奕，一侧的酒窝再次深深地显现。

# 田间地头

藏东南的冬季，有一颗不安的、另有所属的心，它来得晚、去得早，转眼已是来年春季，2003年的四月。

四月的西藏，是干湿两季的过渡时节。此时的大风仍是藏北和南部边缘地区的常客，扬沙、浮沉也总在这个时候出现在拉萨等雅江河谷一带，但在东部的林芝却已是粉粉翠翠的世界了。这里是高原大地上春姑娘最早送春的地方。山桃花吐妍、春雨淅沥沥、农民忙播种。乡里的工作也在年初开始多起来。大家在办公室里待着喝茶、闲聊的时间不多了，多数工作需要下村，比如了解春播进展、开展基层合作医疗、慰问孤寡老人等等。不过这两天乡干部们讨论的重点话题不是这些，而是全面爆发的非典型性肺炎和选择在愚人节纵身一跳的张国荣。

“买板蓝根了吗？我买了很多，你们再不买就买不到了！”办公楼下，旺杰对正低着头、用脚在地上比划着的男人们说。

“我也得去买点，这周去县里买！”仁青掏出烟递给旺杰。

“我不抽！”旺杰摆摆手，“都什么时候了，还抽烟？肺炎啊，老兄，这次该不是要灭绝了吧？人类，像恐龙一样，啊？”

“别危言耸听，政府应该会有对策的。”李书记背着手，突然抬起头，严肃地说。

“对，我们是乡干部，这些话就内部说说，别说给百姓，我们乱了阵脚，会造成老百姓的恐慌，不好。”扎西乡长补充道。

“好好，反正我家里说从拉萨寄来开过光的护身符，保佑我。”旺杰像是突然想到了什么，“哎，我说这张国荣，该不是因为得了这病就选择自杀了吧？！”

“无凭无据的，你就喜欢瞎猜！”书记再次抬头看看旺杰，“不过谁是张国荣？”

“香港著名的歌手、演员啊，书记，您还不知道他？！是你们那个年代的……”

旺杰岔开双脚，展开双臂，一边跳起80年代的蹦蹦舞，一边用粤语唱着“thanks,thanks,thanks,monica……”

“听说可能是因为抑郁症。”江白说。

“哦！”书记安静地回答，似乎这个理由可以让他信服。

往后的这几天，乡里工作就多了一个重心。李书记吩咐所有干部必须分组下村慰问村民，特别是五保户、特困户。告诉他们，对于非典要引起足够的重视，注意个人卫生，不乱吃、经常洗晒被子、被褥，有感冒等不适症状立马去乡卫生所看病。

这天桑吉和扎西乡长来到了松宗格尼村五保户“俄罗”家中。

俄罗是一位六十多岁的孤寡老人。桑吉诧异于俄罗家里的苦境。这里严格来说就是一杂草屋。院子里长满了杂草，室内则是铺满了干草，灶台上面挂着一小块藏猪肉，算是这家唯一的生机了。屋顶上一个圆形的洞，之前一定是插烟囱的地方，如今却这么空着，白天一柱阳光下来，能清晰地看见其中每一粒尘埃的存在。

俄罗老人身材佝偻、一瘸一拐地将他俩领进屋，笑着应和着，偶尔还挠挠脑门，仿佛一个涉世未深的孩子。

“您最近身体好吗？”桑吉弯腰问老人，突然闻到老人身上一股刺鼻的酒精味儿。

“呵呵，身体还好……”老人摊开手臂，露出黄黄的牙齿，“就是大洋[1]，没有。”俄罗带着昌都一带的口音，他们通常将人民币称为“大洋”。

“哦，对了！”桑吉急忙拿出自己衣服口袋里的300元，交给了俄罗。

“大爷，买点粮食啊。”老头乐得频频点头。

“下次我们来，要检查您的粮食啊！”扎西乡长拍拍老人的肩膀。

“啊？！哦，好，好！”老人显得很羞涩，伸出手摸着脑袋，讪讪地笑着。

“这些老人很可怜，对吧？”返程路上扎西乡长问桑吉。

“嗯，也没有亲人照顾一下老人。”桑吉回答。

“最主要的是他酗酒。你自己的工资只有一千七百多，今天可给了他三百……今晚他有得喝了。”

“嗯？”桑吉不解地问。

“桑吉，你别生气啊。很多人的慈善就是作秀，做做样

[1] 此处指人民币。

子，拍拍照片，就完事了。可是如果你想真正改善一个的家庭的命运，就得动脑筋。这就是我们基层工作最有意义的地方之一。你得分析。比如说教育，让孩子上学就是一个好方法。对待俄罗，你得让他不酗酒，怎么不酗酒？得让他觉得活着有希望。这是关键点也是难点！”

“嗯，书记，他是我的扶贫对象，我确实思考的不多。”桑吉认真地回答。

“扎西乡长……您在这里工作多久了？”桑吉突然好奇地问道。

司机笑了，连忙帮着书记回答。

“上的是第一批西藏班，那时是85年吧！中专毕业，你想想毕业多久了，十多年了。基层工作算乡长最有经验了！”

乡里的司机叫巴珠，是波密本地人，长了两撇小胡子，脸盘方正黝黑，身材肥硕，性格憨厚率直。

“可是呢，我们书记啊，老婆调地区工作了，一直等他调动，可惜他调不动，老婆就和别人跑了，对吧？！”此时这辆北京战旗正行驶在颠簸的山间小路上，巴珠司机一边猛打着方向盘，一边打趣着说道。

“嗯，人各有志吧。”

乡长简单回答了这个问题。桑吉本能的看了看扎西乡长的面部表情，发现他眼神柔和，鼻梁骨又长又挺，那两撇松赞干布式的小胡子，在两端微微向上打着卷，真是气度不凡。相由心生，桑吉暗暗想到。在松宗的这几个月里，桑吉觉得这位好脾气的书记总是善于和任何人打交道，并能始终保持着他那种成熟男人独有的冷静和理性。

“再找一个啊，好姑娘那么多。您还不到四十啊！”

巴珠司机继续说。扎西乡长则笑了笑，摆了摆手。

“言归正传，桑吉，关于帮助扶贫对象这一点，你可以请教江白，去年在他的帮助下，扶贫对象的性情有很大转变，很快脱贫了。”

听到这句话，司机巴珠似乎想起了什么，忍不住笑出了声，之后他话匣子大开。

“唉呀，您说起扶贫对象，我突然想起多吉村那个……哈哈，想起多吉村那个寡妇我就想笑……乡长，您对桑吉说了这个事情没有？”

“什么？哦……”乡长似乎也想起了什么，乐呵呵地说：“还没有说呢”。

“什么事情，这么好笑啊？”桑吉好奇地问。

“多吉村有一个寡妇，死了三任丈夫，没生过孩子。她整日披头散发，不说话。你这样的姑娘去她家一定会被吓坏，不敢进去。她家院子里堆的都是动物骨头和皮子，家里阴森森的，她本人又少言寡语，村里人都说她是索折玛[1]，谁都不和她交往。”司机继续饶有兴趣地讲着。

“可我们得去啊，作为乡里干部，得了解民情是不？最重要的是她很穷，却不喊穷，独自过着凄凉的生活，衣服破了不说，有时还偷吃隔壁家放在外头喂狗的糌粑糊糊。最关键的是她不让我们进屋，不接受救济，也不知道她是怎么想的。不过后来，她还是进去了。我记得那天我们想和她聊聊，就去了她家，还看到佛堂里面摆放着一张照片，估计是佛像，这样的女子会供什么佛呢？我们凑近一看，原来是……”司机巴珠笑得合不拢嘴。

“是什么？”桑吉追问。

“原来是江白的照片！”司机说完又是爽朗一笑，乡长也笑出了声。

“可是，为什么呢？”桑吉感到奇怪。

[1] 藏语中意为“活着的女鬼”。

乡长接过司机巴珠的话说“她是江白的扶贫对象，正如巴珠师傅说得，她之前从不和人来往，也不接受乡政府的慰问。可是对江白就是不一样，她什么都听他的……之后她也就让我们进门，还愿意跟我们聊天了。”

“江白哥是怎么做的？”桑吉继续问。

“我也是后来才知道，江白有一次去看她，没想吃了闭门羹，你知道她谁也不见的。正要回去时，村里一群少年路过，朝她家吐唾沫，还对江白说，那女人是鬼，不能接近。江白一听，很生气，就警告他们不能再这么乱说了。对方气不过，就对江白大打出手。那帮村里的孩子平日就有点痞子气，他们仗着人多，把江白摁倒在地，嘲笑他想找她当姘头。江白听到这话，就来了力气，把这帮人甩开，并给了那个孩子头一巴掌，说‘你知道她和你阿妈一样的年龄吧，你应该尊重她就像尊重你的阿妈！’那孩子一听扯上了自己母亲，就随手拿起一旁的铁锹准备朝江白头上打……正在这时，那大姐突然一下打开了门，冲那帮小子狂吼了几下，披头散发的吓跑了所有人……原来她就站在自家屋里偷看着呢。之后她就允许江白进他家门了。并且什么都听江白的。她开始收拾自己，打扫屋子，开始打工挣钱，还别说，长得还不错呢！”巴珠司机说。

“桑吉回来啦，赶紧来吃饭吧。旺杰和多吉刚刚从查绕村回来，说一口水都没喝到，正着急吃饭呢。桑吉，请乡长和江白也一起来吃吧？！刚刚看到江白刚从县里办事回来，估计他们还没有来得及开火。”

其美身上总是有善解人意的女人味。尖椒肉丝、蒸蛋和腊肉，还有凉拌折耳根。 六个人笑嘻嘻地围坐在饭桌前准备吃饭。

旺杰叫道：“其美啊其美，嫁给我好啦，你除了脾气暴之外，浑身是宝啊！”

大家都笑了。

“谁嫁你啊，旺杰啦，拉萨小男人。话多没胆子。哼！”其美佯装生气。

“哟哟，给你个梯子，你就上天了。非得找个康巴降住你，口味也重啊，哈哈哈！”旺杰感觉自己一语中怀，笑得前仰后合。

其美推搡了一下旺杰，迅速把凉拌折耳根夹到旺杰碗里。

“吃吃吃，吃还堵不住你的嘴啊？！”

多吉望着其美，一幅若有所思地样子。其美红着脸，害臊地说：“喂，藏巴！吃啊，看什么呢？下午不是有一大堆公文要翻译吗？快，吃蒸蛋，不然就凉了。”

多吉也脸红了，“哟[1]哟哟”地开始低头吃饭。江白和书记则在一边聊着今天下乡的事情。

“俄罗这老头，真是过一天算一天，他的家里根本看不出我们救济过的痕迹。酗酒成瘾。”扎西乡长说。

“哦？我听说他之前也不是这样的。”江白说：“听说还说有一个孙女。”

“现在去哪里了？”桑吉问。

“不知道，我帮你打听。桑吉，俄罗是你的扶贫对象吧？”

“是的，真想老大爷过得好些……”

“别着急，桑吉，我们到时候一起想办法。先吃饭吧。”

“嗯，好。”

桑吉拿起筷子，吃着可口的饭菜，心里突然生出一股暖

[1] 藏语中意为“好的”。

流。

这几个月以来，桑吉天天和这些同事一起共事、生活，每一天过得充实而快乐。其美做饭的手艺很容易把人养胖，桑吉的食欲也好极了，每天从村里回来都能吃很多，这一来是因为走村入户需要体力，二来是因为简单的生活令人没有精神负担，能吃能睡。

此外，近段时间桑吉的日子也算充实了。每天早晨起来，桑吉会拿着英语单词在后山上朗读，这个习惯在学校时就有，虽然她不知道学习英语会有什么具体的作用，但她仍然坚持着学习，她认为这世界没有无用的知识。这不，就在上周，当所有人下村，桑吉一个人在办公室时，来了几个俄国人，他们穿着厚厚的冲锋衣，驻着登山手杖，问桑吉可否用一下办公室里的传真机。他们是徒步旅游的，说是某杂志社的编辑，看起来疲惫不堪。桑吉请他们到自己屋里小憩，并为他们准备了饼干和热水。临走时，他们问桑吉要了一个破旧的地图，桑吉自然是大方的给了他们。几名老外万分感动，其中一个男子握着桑吉的小手来了个俄式吻手礼。桑吉觉得有点意思，这一切交流都是通过自己蹩脚的英语实现，平日累积的这点小知识算是派上用场了吧，桑吉内心不禁小有成就感。

早上孜孜不倦地学习英语，到了晚上，就要在被窝里奖赏、犒劳自己看小说了。桑吉终于借了江白的《百年孤独》来看，但这里面的人物名称冗长繁杂，辈分多达七代，真是令她抓狂。不过她仍被这部宏篇巨著深深吸引，每晚天还没黑，桑吉就洗漱钻进被子里忘乎所以地看起来。有时看乏了，她就放下书本，直勾勾地盯着自己淡蓝色的被子发呆。关上灯后，在黑夜里，桑吉偶尔也会谋划一下未来，设想自己可能会遇到更好的机遇。她深深地明白机会只会给有准备的人，所以她要更好的工作、学习。

至于诺杰，她只有在偶尔才会想起，但是她在想念他时，会有一个质的变化，那就是她不再痛了，甚至有些愉快。“通则不痛”，这个道理在精神生活里也同样奏效。桑吉想如果还有机会和诺杰说话，她一定会祝福他，并且是诚心诚意的。

第二天，又是下村的一天。

朗秋村大概是松宗交通最差的村子了，听说这个村子也是最后一个通电通路的村子。每次下村，车子要在崎岖的羊肠小道上迂回，下面是深渊，上面是山崖。桑吉紧紧抓住车内拉手，身子在车里左右摇摆、没有重心。巴珠司机认真地目视前方，紧抓方向盘。

“要致富，先修路，可是你们也看到了这里的状况，物资都很难运送，更苦的是这里的百姓，健康状况不太好。”他说。

在经过了崎岖的山路后，车辆一拐弯，进入了朗秋村。朗秋村在山顶的坪坝上，背后就是银白的雪山。这绿与白的结合在波密很多地方都可见，可在这里的效果是最惊艳的。

下了车，桑吉伸了个懒腰，一脸陶醉的欣赏起美景。这里山高、路险，有种与世隔绝的桃源之美，不过当她见到朗秋村的村民时，不禁感到心酸。这里的百姓普遍身材矮小，很多人还疾病缠身。桑吉看到一个村民在他们前面走过，因为手脚畸形，走路速度很慢，大概50米的距离他仿佛走了一个世纪。过去这里还是结核村，虽然病情已经得到控制，但仍有很多百姓的生活质量处于中下。桑吉走到那位村民身边，用她蹩脚的波密话问到：“嘎提！[1]”

“嘎麻提！[2]”

---

[1] 波密方言，是见面寒暄用语，意为“辛苦啦”。

[2] 波密方言，意为“不辛苦”。

“去哪里啊，叔叔？”桑吉继续问到。

“喏，看到那边田间的孩子了吗？我叫她回来吃饭。就是不理不睬。我只好过去拽她啦！”

“我去，我去，我们正好要过去，你就在这歇着啊！”

桑吉径直跑到小孩旁边，气喘吁吁地对那孩子说：

“吃饭啦，起来，你阿爸在找你。看！”女孩子原先在玩土，这会儿抬头看着她，大眼睛清澈明亮，头发乱糟糟的披着。

“哦，我很快完了。”

“你在干嘛？我可以帮你吗？”

“不能。大人只会捣乱。”女孩头也不抬地回答。

“我绝对按照你的吩咐做。不捣乱。”听了桑吉的话，女孩疑惑的看看桑吉，仿佛在考虑是否要信任她。

“好吧。你不要把这里的土扒开就好。”

女孩说完就跑开了。桑吉笑着准备离开，又一想，这孩子该不是把家里的重要东西藏起来了吧？看她阿爸行动不便，桑吉觉得自己有必要看看土壤下究竟是什么。桑吉扒开土一看，愣了：一张五十元人民币。这钱是谁的呢？一定是她家里的。这孩子怎么能这样呢？一定是偷出来的。桑吉从土里取出这五十元，抖了抖上面的泥土，奔跑着追上了那位一瘸一拐的阿爸。

“一定是家里的吧？孩子藏到田地里了。”桑吉不假思索地将钱交给阿爸。

“啊？这……我问了你钱去哪里，你还说不知道呢！”父亲生气地对女孩说。

那孩子恶狠狠的看着桑吉。桑吉突然觉得有些愧疚，毕竟她没有对小女孩遵守诺言。正在这时，父亲抬起手臂“啪”的一下，重重打在了小女孩的脸上。女孩望着父亲，眼睛和嘴巴都咧成“一”字型，很委屈的样子，憋了几秒钟后就哇哇哭开了。

正在田间和村长了解农情的乡长和多吉走了过来。扎西乡长蹲下来，握住小女孩的手。

“小姑娘，为什么藏到土里啊？是不是以为会长出很多钱呢？”

小女孩停止了哭泣，从捂着双眼的小手指缝里偷瞄乡长，伶俐地回答：

“我才不是傻瓜呢！”接着又哭了起来。

多吉蹲下来，从裤兜里拿出一块大白兔奶糖。

“别哭了，在哥哥耳朵里说说你为什么把钱藏在土里？你一定有一个小秘密是不是？”孩子看了一会儿大白兔奶糖，表情很纠结。

“我，不想说。”

多吉剥开糖纸，将奶糖放入女孩口中。女孩含着糖哭了一会儿，大概是奶糖的香甜味儿让她打开了心扉。

“阿爸说家里需要钱，我不能上学。我就把钱藏起来，想着等到该上学了，就交给阿爸，让他同意我上学。”

所有人一阵沉默。

“这孩子！”矮小的阿爸先开了口，满脸的怒色瞬间转变为无奈，他摇摇头，对女孩说“走！回家去！”

阿爸不好意思地朝乡干部笑笑，之后一瘸一瘸地带着女孩离开了。扎西乡长、多吉和桑吉目送着两人离开。天地间，父女俩的背影越来越小，桑吉感觉过不了多久女孩的身高将超过父亲了，步速也将超越，而父亲的无奈一定还会加重。

“朗秋村的孩子都得上学，况且现在国家政策好，实行的是九年义务教育制度。”乡长缓缓地说出这句话。多吉和桑吉都默默点头。

“不能再与世隔绝，只看到脚下的土地，还得抬头，得走出去看看外面的世界……这孩子很聪明。”

扎西乡长将双手背在身后，望着父女俩远去的背影，许久没有转身离开。

# 松宗赛马

每年春季，松宗乡仲堆村都会如期举行赛马节，并会邀请松宗乡的干部们参加。李书记说几个新来的同志没有去过，就让江白带他们几个去吧。于是这天上午时分，江白带着桑吉、其美、多吉和旺杰爬上后山，前往赛马地点。几个年轻人踏着青草和溪水，蹦蹦跳跳、心情愉悦地来到了仲堆村。

村级的赛马节没有繁复的仪式和流程，一切都很简单自然。平整的场地，几张为村和乡干部准备的长桌椅，百姓们则是带上好吃好喝的，席地而坐，嘻嘻哈哈。看到几个乡里的干部走过来，村长立马起身，邀请他们坐在事先准备好的长椅上。

桑吉坐下后，望着长长的赛马跑道，心想什么时候会开始。江白看起来兴致也很高，和旺杰、多吉打赌最终赢得冠军的会是那匹黑马还是枣红色的马。此刻，马匹和参赛选手都在一边耐心等待着。这里的马不比藏北一带的，个个瘦小机灵，却也显得十分可爱，加上选手们把马匹都精心装扮了一番，使这些马儿显得更加俊秀。

其美悄悄靠近桑吉的耳朵："我说他时，你别看他啊……多吉，昨天向我表白了。你说怎么办？"

桑吉睁大眼睛，忍不住看了多吉一眼，又立马回头看其美。

"他说什么？"

"昨天他到我房子里说借手电筒，之后就低头说他从来没有这么喜欢过一个女孩，还说他从小没有母亲………"

其美停顿了一下，睁大眼睛问："我是不是看起来很有母亲的感觉？"

桑吉和其美"扑哧"一笑。

赛马活动开始了。选手们握紧缰绳，策马奔腾，在马上做出各种高难度动作：平举双臂、转身、后躺、俯身捡哈达。仲堆村的百姓欢呼的欢呼、吹哨的吹哨，坐在长椅上的干部们都站起身加油、鼓掌。桑吉一边看着快乐的人群，一边暗自为她的这个朋友高兴。看得出其美是喜欢这个愣头小伙子的。其美和多吉。一个活泼、一个木讷，一个来自藏东、一个来自藏西。迥然不同的生长环境和个性，在基层却都不是问题。此刻虽然是看赛马，但令二人怦然心动的主要还是彼此吧。看得出其美在刻意避开多吉的眼睛，而多吉的眼睛则像是被牵了一条线，每隔几分钟就回望他热恋的女子。

桑吉看到多吉一旁就是江白，他将手臂搭在多吉肩头，激动地看着赛马比赛。他今天戴了顶藏青色的太阳帽、黑色的套头高领毛衣、牛仔裤和旅游鞋，看起来格外的阳光。桑吉突然想起巴珠司机和扎西乡长说的那个女贫困户把江白的照片放在佛堂的故事。

桑吉顿觉江白很特别，而且他的样子真的很讨人喜欢呢。这种感受或者说是意识，就像一条清澈的小溪，第一次明晃晃的流经桑吉的大脑，浸润着她的心田。桑吉暗自羞涩，并且有些慌张。

无论在西藏哪个地方，赛马节是一定要有青稞酒来助兴的。在给选手们颁完奖后，村里的姑娘们端上了醇香且后劲十足的头道青稞酒。几个年轻人被灌了几个银碗之后都已经晕晕忽忽，脸上飞起红霞。下山回去的路上，几个人又唱又跳，旺杰乐得弯腰大笑，之后就干脆倒在草地上躺成“大”

字，闭上眼、咧着嘴巴傻笑。多吉自然是一路跟随着其美，其美则不以为然地走在前面，看她的样子还真像是《红河谷》里宁静扮演的那位大小姐呢。

江白扶着旺杰走，旺杰醉了，话更多了。

“刚才敬酒的那些姑娘，有一个好漂亮。”

“行了，旺杰你醉了。”桑吉说。

“桑吉，你吃醋啦？我可是万人迷，在学校就是。我劝你别想我，我的心今天开始就留在仲堆村啦。你呀，只有等到青岗树开花，才会有机会。”

桑吉瞪了旺杰一眼，笑着说：“行行，你自己开心就好。”

就在桑吉回头和旺杰对话的功夫，撞见了江白的眼神。他的眼睛里充满了笑意。看得出江白今天也是微醺，他一边扶着旺杰，一边喃喃自语。

“心……却为她打着伞[1]”江白用缓慢低沉的声音说。桑吉没听明白，回头看江白，只见他扶着旺杰，低头走路，刚才那句话，就像他无心的呓语。

就这样，他们五个人，多吉、其美走在前面，江白扶着旺杰在后面。桑吉走在中间。刚才的青稞酒还真烈，银碗真

[1]《吉檀迦利》（泰戈尔著）里的诗句：“眼睛为她下着雨，心却为她打着伞，这就是爱情。”

够大，桑吉半推半就喝了半碗，此时她已感觉腿部发麻，视线恍惚，心也有点发酥了。桑吉走到一个棵桃树下，摇摇头，定了定神，突觉七窍顿开：满眼是初春返青草的鲜绿色，空气中散发着浓郁的泥土香，仰头望去，淡粉色的桃树正下着花瓣雨，其中一片花瓣轻轻柔柔地落在了桑吉仰起的面颊上。

回到松宗乡，桑吉晕乎乎的正要回自己屋里休息，突然听到乡小卖部的四川老板喊道："你们费（回）来啦？桑吉、桑吉！你费（回）来得正好，这儿有你电话。"

乡里的手机仍没有信号，和外界联系的只能靠乡办公室和小卖部的座机。乡干部们会花钱在小卖部打电话，有时候也有电话打进来找乡里的干部。可是除了父母，桑吉没有告诉别人这里的号码，是父母亲吗？

桑吉拿起电话，听筒里传来那个从雪地里飘来的，仍带着京腔的声音。

"桑吉，是我，诺杰。"

# 诺杰的电话

从赛马节那晚开始，诺杰就隔三岔五地通过乡小卖部的座机给桑吉打来电话。店老板每次都带着不怀好意的笑容操着川普从老远就朝桑吉宿舍喊：

“桑吉！你兰（男）朋友的电话！”

每次桑吉都害臊的去接电话。在松宗乡干部圈里，大家似乎也都默认了桑吉有男友的事实。

其美说：“加油啊，抓住他的心。”

桑吉笑笑，对这段失而复得的感情她总有些回不过神来。诺杰比以往任何时候都热情，每次来电话他都要讲个至少半小时。他聊拉萨的生活、工作和朋友，询问桑吉的近况，热切的程度让桑吉有些受宠若惊。

“基层工作还顺利吗？桑吉啦？”

“可以，今天下乡去劝学了。有一个叫措姆的小女孩，家里穷，父亲又残疾，上不了学，不过今天我们做了教育工作，父亲是同意女孩子上学了。你不知道小女孩有多高兴，我们临走前还给我们跳了锅庄，连唱带跳的哦。”

“噢，她家一定很缺钱，估计原先是希望她早点去打工挣钱。”

“嗯，我和乡长、江白，我们凑了点钱给她家里了。”

“恐怕不够，这样吧，我每个月都给他们家寄600元当作生活费用，好吗？”

“那么多，那你够花吗？”

“这点钱我还是出得起的，在拉萨每天求神拜佛，不如做点真正的善事，对吧？”

“嗯，那好，我会和乡长他们说的。”

“唉呀，别整的那么正式，我主要是想帮你。”

桑吉低头不语，毕业这么久了，桑吉还是容易一紧张就脸红心跳。

“桑吉，我知道基层生活很苦，你忍忍啊。好吗？”

桑吉不知作何回答。基层工作和生活并不像之前她想象中的那么乏味和糟糕,有时候还能令她身心愉悦，而这种感觉是诺杰无法体会的。如果把这种感受说给诺杰听，估计他只会以为桑吉在自我安慰。

“我真的......挺好的。”

“好姑娘，你总是这样能忍耐，让我心疼。对了，你父母真是很可爱，我打电话问你们的座机号，我听到他俩各自说了一个号码，争论了半天，最后打开电话本，是你阿妈啦赢了.......阿妈啦乐呵呵地挂了电话。将来我们如果像他们那样该多好。”

除了甜言蜜语之外，诺杰有时也会在电话里抱怨生活上的不顺心。他说毕业后依照父母的安排进了区机关单位工作，还常常参与父亲的生意活儿，有关餐饮业和房地产的。他说自己的应酬比较多，现在连摄影都成了奢望。

“就这么忙吗？摄影可是你最喜欢的啊！”

“嗯，是的，不过我想现在是务实的年龄啊！等生意上手之后，工作可能得辞掉的。拉萨的房价绝对是要涨的，我们家人都投资了好些地方……”

桑吉知道诺杰家境显赫，父亲是拉萨有名的商人，母亲则是贵族家庭出生，关系群密布整个八角街。桑吉觉得以往的诺杰似乎很“精神”，听摇滚、玩摄影、看电影；现在的诺杰则更接地气，并且多了些商业头脑。当然诺杰最明显的变化还是对待桑吉的方式更加体贴了，并且不再有之前的那种保留，仿佛他们永远都是对方的，并且只是对方的。

“好了，乖，明天同样的时间打给你啊。”

桑吉顺从的“嗯”了一声，挂了电话，正打算回去，一抬头就看见了到店里买蜡烛的江白。

“停电了？”桑吉问。

“嗯，停电了……老板，要两个蜡烛。”江白付了十元给四川老板。

“这两天总是停电，白蜡烛卖完了，只有这种红色的，你要不要？”

店老板拿出两个办喜事用的红蜡烛，睁大眼睛问。江白笑了笑。

“也行！”

桑吉也笑了，店老板更是开心，仿佛看见了江白入洞房一样。

“嗯……”

面对桑吉，江白欲言又止。见桑吉的大眼睛若有所思地望着他，他以一种轻松的语气问：

“来电话的是男友吗？”

虽然江白故作轻松，但敏感的桑吉还是注意到他的眼神有些闪躲。

“大学同学，现在他在拉萨。”

“挺好，挺好……”江白低下头说：“他，他好福气。”江白再次露出了大男孩般的笑容。

江白走的太急，连老板找的零钱都没有拿走。只剩店老板急忙操着四川口音朝江白喊着：

“喂喂，江白，没有找你钱呢，喂喂……奇怪，黑灯瞎火的，作（着）急啥子噢？”

桑吉看着江白的背影淹没在黑夜中，内心也感到莫名的失落。她默默接过店老板找的零钱。

“我帮您给他。”

桑吉来到江白家门口，门没关，看见江白已经点上了红蜡烛，正在铺床。

“江白……”听到桑吉的叫唤，江白先是一怔，随后有些羞涩地请桑吉进来。

“坐，我这里很乱。”

“没关系，我那里也是。给你的零钱，你刚才买了蜡烛就着急走了。”

“哦，”江白用手掌敲了一下自己的脑门，并接过零钱，塞到了裤兜里，笑嘻嘻地望着桑吉：“就是，给忘记了，呵呵，你坐……”

已经是晚上九点半了，一般情况下为了不让乡里人嚼舌头，这时的桑吉应该转身道晚安。可是桑吉觉得自己不听自己的使唤，一屁股坐在了江白屋里蓝色的长木椅上，这种椅子桑吉屋里也有，大概之前是乡办公室里的，后来买了新的办公桌椅后，这些旧椅子就自然而然地安放在了每个乡干部家里，成为了家具。

桑吉坐在蓝色长木椅上，江白则坐在对面的床边。他们之间隔着一个木桌，桌上是点燃的红色蜡烛。他们就这样保持着距离，谁也没有动弹，仿佛怕惊动什么。借着模糊的烛光，桑吉看到这个大男孩此时的表情安静又有点窘迫，但在这些表象之下，桑吉觉得江白内心沉静的像大海，并且向来如此。她也说不清为什么他总给自己这样一种印象。这种很“沉”的气质会使江白身上有一种气场，他会让任何一个急性子的人瞬间就安心起来，甚至变得慵懒，就像沐浴在拉萨甜茶馆的阳光里，喝着浓香的甜茶，懒得动弹；也像在黑暗的天文馆里，仰头看斗转星移，浑身松懈。

门没有关，风吹进来，烛火扭曲、发颤。他们都盯着火苗，一种甜蜜的、温暖的情感弥漫在二人心中。不是咖啡馆，不是酒吧，但二人此刻都有种想要长聊的欲望。是的，两个年轻人想要进一步了解对方。尽管在此时，俩个人对这种萌动的情感仍处于懵懂状态。桑吉此刻为自己做了这个分析：人的情感大概是受了潮汐引力的作用，在夜间都会变得敏感而多情。

沉默了许久，江白首先打破了沉默。

“对了，你的梦想是什么？”

桑吉望着江白，突然不知怎么回答。以前她想从事电视专业，但是现在她似乎有些改变，是在顺其自然还是随波逐流，桑吉自己也不知道。

“活出最好的当下吧，你呢？”

“我出生在这里。上大学还有后来旅游去过很多地方，最后都想回来。我们全家都是林芝公路系统的，318国道的畅通都有他们的功劳。现在我父亲和亲戚们在林芝地区。很多人也希望我调过去。”

“那，你？”桑吉很想解开心中的疑惑。

“我喜欢波密、喜欢松宗。喜欢这里的一年四季。喜欢现在的工作和随时可以写作的生活。为什么要走呢？”

桑吉歪头望着这个年轻人。

“一辈子？”

“是的。”

他笃定的回答，眼神发出坚定的光芒。桑吉则对这种答复有种说不出的消极感，而这种消极感让她觉得自己不能身陷其中。她清楚自己还在等待某种机遇，她的人生目标远不止这些。她顿时感觉如梦初醒。

“噢，好的，呵呵……有点晚了，我回去了。

尼吉[1]啊！”

桑吉礼貌地起身，挤出一丝微笑。江白走到门口送她。

“桑吉……”

“嗯？”

桑吉回头望他，此刻他们俩距离很近，差点碰到一起了。

“我，其实……”

江白欲言又止，桑吉却表现出不想多问的样子。

“江白，”桑吉打断了他的话，“刚才我忘记告诉你了，我的梦想还有一个，就是越来越好，不想原地踏步。”

[1] 藏语中意为“晚安”，“好梦”。

桑吉的眼神突然变得冷漠，眼角低垂、宽阔的额头令她看起来更加倔强。桑吉也为自己的善变感到吃惊，她暗觉体内还有另外一个自己，一个不安现状的自己，而这个自己从小都在体内。那是一个害怕无所事事、害怕平淡无奇，害怕走一段不留脚印的路程的自己。她突然警觉地抬眼望着江白，仿佛在用锐利的目光阻挡江白对自己内心的窥探。

江白望着桑吉，仿佛有几秒他是被抽空了似的。半响，江白似乎回过神来，恢复了他的沉静，只是尴尬地笑了笑，重复了桑吉的那句："尼吉！"

走出江白的小屋，桑吉望着明月。没有乌云，月儿自在，四周一片寂静。这样的景致却平添了桑吉淡淡的哀伤，她真想和谁聊聊，便径直来到了其美家里借宿。

"今晚没电，咱俩一起睡，好好聊聊。我想和你说点事情。"

"求之不得！"

原来其美也想和她聊天。桑吉此刻很庆幸自己有这么一个任何时刻都能敞开心扉的朋友。不过桑吉想，其美很少这么严肃，到底是为什么事情呢？

待二人躺下，吹灭蜡烛之后，两个姑娘开始了彼此互吐心声。

“桑吉，多吉和我，你是知道的。可是昨天我打电话给县宣传部部长，那个很有中年男子魅力的人，记得吗？”桑吉点点头。

“我想先借调到县宣传部，做新闻报道和文工团那些事儿，我都能拿下。我之前在学校时就是学生会的，也喜欢和人打交道。昨天我打电话向那位部长问好，他说正好缺人，叫我做好准备。”

“那，你想问我你和多吉的将来？”桑吉问。

其美没有立刻回答。

“嗯，聪明。”几秒钟后，其美说道。

“县城和松宗不远啊，其美。”

“可是，我并不想在县里一直待着，我至少应该在林芝地区。”

“那？”

“桑吉，其实我上大学时谈过几次恋爱。第一次是男友变心了，第二次还是男友变心了。男人和自己，记住：你能把握的只有自己。”

桑吉忍不住朝其美望去，黑乎乎的，看不见她的脸。

“那你是想说和多吉没有希望吗？”

“也不全是。我会看他是不是绩优股。”

“那么现实？你到底喜不喜欢多吉？”

“喜欢，但是更喜欢自己。”其美坦率地说。

桑吉望见窗外皎洁的月光，透过窗玻璃，照在地上，直白的像其美的个性。

“啊，桑吉睡了吗？”其美翻了个身，木床发出“咯吱”的声响。

“没有呢！”桑吉慵懒的回答。

“我知道我有时候比较残忍，但是桑吉，每个人都有选择自己生活的权利。不需要非要出自什么世俗的规范。即便是死亡，你也有权利选择。我是说，你想死也是你的权力。我们很多藏族人对自杀的人怀有贬义，仿佛对不起身边的人。可是我觉得，对于在身处剧痛的人来说，他们可能会这样告诉自己：‘啊，幸亏还可以死！’……我想说不要做太多的道德评判。每个人经历不同，承受能力也不同。”

“可是爱情，也许是可遇不可求啊！”桑吉说。

“爱情，很大程度上来自于主观意念上的光环效应。只要你愿意，你能控制住爱情。强者应该是可以的。”

“控制爱情？”

“是的。”

“不要当一个傻女人，一定要抓住拉萨那个男生。你很优秀，长相、性情又好，别鼠目寸光。”

“什么呀？”

桑吉此刻真是感谢黑夜能掩饰自己的脸红心跳。

“别以为我不知道，我刚刚看到你去他房间里了……桑吉，你和江白……他的确是老实、为人善良，甚至有些高、大、上，但他是极品。活在自己的精神世界中，也活在最干净的水边，可是水至清则无鱼，我们需要更多的养分。需要在大城市里看大片、参加各种活动、在咖啡屋里看书、还需要有很多漂亮的衣裳。”

桑吉陷入了沉思，其美也不说话了。在这个寂静的乡村之夜，两个年轻姑娘憧憬着城市里的霓虹。很快其美就入睡了，甚至轻轻打起了呼噜。但是桑吉却久久无法入睡。和她一样，那个被人喻为“极品”的男人，此刻也辗转反侧、无法入眠。

# 雨季

八月的波密，已是盛夏。北上的暖湿气流似乎在这里扎根了，雨水有时几乎是几分钟一趟，把这片绿油油的土地浇灌的湿气逼人、郁郁葱葱。县城街道上，也就是318国道所经处，来往的车辆把路面积水洒向两边，淋湿裤脚的行人斜着眼睛，不满的“哇!哇！”直叫。

桑吉看到洒水车也不闲着，在县城来回洒水，如此一来，道路低洼处就满是积水了。为了避免裤管弄湿，桑吉拦了一辆三轮车坐。她想到刚来波密那会儿，觉得县城小的十几分钟可以转完，如今在乡里待长了，却觉得县城越来越大，大到有时非得坐三轮车不可。

车夫快速蹬着车轮，清新湿冷的空气扑面而来，桑吉想快点见到半月不见的好友，继续她们聊不完的话题。

下了三轮车，桑吉来到了其美暂住的县委宣传部职工周转房。此时的其美已经借调到了宣传部，做记者和播音工作。之前其美在电话里告诉过桑吉，由于她表现优秀，宣传部打算和组织部协调，正式的调令可能还需要再等上几个月。

桑吉打量着其美的房子，条件是比乡里好多了。一室一厅，还带厨房和卫生间。尽管房子有些破旧，但是被其美收拾得窗明几净、温馨雅致。家具是新的，是从波密县家具厂订做的木制家具；窗帘是白底绿碎花的麻布料；卧室大床上铺着淡紫色的四件套，床边还铺着带毛的地毯，地毯上摆着一个毛绒大棕熊。

“哇！好舒服！”桑吉一屁股坐在了地毯上，怀抱毛绒熊。

“等你也调上来，我陪你去订家具，我认识老板，会便宜很多。”

“还不知何年何月呢！”桑吉垂下眼睛，用手轻抚着毛绒熊。

“你会比我这里还强，拉萨，你反正是要去那里的，你每年休假还可去成都买衣服！”其美双手叉腰，侧着脸看桑吉。

“还是说点现实的吧，我饿了！”桑吉放开毛绒熊，站起身来。

“吃什么？我请客！”其美歪着脑袋问道，一侧的酒窝被挤得很深。

“小李子。”桑吉简洁地回答。

“也行，不过这次尝尝砂锅吧，很不错！”

“好的！”

出门前，其美拿出一次性的医用口罩，自己戴上了一个，也让桑吉戴上。非典，让板蓝根和口罩空前畅销起来。桑吉想起自己刚才坐三轮过来时，路上很多行人都带着这种淡蓝色的口罩。在拉萨，一年四季都会有人戴口罩，冬季防沙尘，夏季防紫外线。但在波密县看到成群的人戴口罩，确实是一件不自然的事情。因为这里大风、沙尘极少，紫外线辐射也是西藏最弱的。桑吉和其美也不习惯戴，因为这东西让她们的交谈变得似乎不太通畅，更何况俩人是手挽手地边走边说，有一阵子没有见面了，闺蜜间的话自然是多，语速也快，桑吉感觉自己快岔气了，就索性向前拉着口罩说话，其美也是，早已将口罩拉到了下巴上。愉快的交谈使路程缩短了，俩人很快就穿过了县城主街道来到“小李子”面馆。

面馆生意依然很好。桑吉和其美一进去就得向不少人点头致意，因为小小的县城无论走到哪里几乎都是熟人。其美到别桌和刚刚认识的几个年轻人寒暄了一会儿。待热腾腾的蹄花砂锅端上来后，其美才回到桑吉处。

“吃吧，很香！”其美说。

“嗯！”桑吉回以微笑。

两个人捞出蹄花沾着辣酱，再倒了点醋，呼哧呼哧地吃着。

“每一天的食欲都好，要变成肥婆了。”其美笑着说。

“不会，每天工作量也大，会抵消的。”

“你要常常下村，走路多，我可就是在办公室配音、写稿什么的，县里采访还有车子呢。何况这里的美食又多，当然是和乡里比的话。”。

桑吉微笑着说：“你这是在拉仇恨啊？！”

“你也想想办法啊，先借调。”

“没有那么容易的啊！”

“我们慢慢看啊，会有办法。你从那么好的学校毕业，人又漂亮。”

“好啦，好好吃吧。之后去你家看片子吧？”

“片子？什么片子?”

“我在学校收集了很多电影，确切的说是诺杰收集的，毕业时侯都送给了我，都是好片子。乡里电压不稳，好久没有看电影了，今天关上灯，我们好好看看。有一部叫《海上钢琴师》，不知道为什么,最近特想再看一次，一起看吧！”

“晚上呢，还是我请你洗脸去。”

“洗脸？”

“我准备定期做美容。要早点护肤。桑吉，你也做个美白吧，会更好看。”

“可是我的汉族同学说我的肤色很健康、好看着呢！”桑吉故意抬起下巴说.

“打算走国际路线啊？”桑吉扑哧一笑“走吧，在越小的地方审美越传统。”

“那电影？”桑吉依依不舍地问。

“下次看，啊？！好不好嘛！”其美露出酒窝，向桑吉撒娇道。

这是一家小的化妆品店，二楼可以为老客户做免费的基础护理。桑吉和其美共用了其美买下的护肤产品。

二人躺下，闭着眼睛聊天，店里的姑娘走过来给她们进行洗脸、按摩、敷面膜等一系列美肤程序。

“桑吉，多吉怎么样？”其美突然问道。

“你还说，自从你走了，他的话就更少了。你没有和他联系吗？”

“走之前他找过我。说他可不可以追求我。”

“你怎么回答？”

“我说咱们看缘份吧，他的表情一下子就变了。他之前一定以为我喜欢他就像他喜欢我那样。”

桑吉听着其美的话，感觉她的语速变慢，语调也变低了。桑吉不明白为什么其美喜欢多吉，却不愿为他做任何尝试、下任何赌注。桑吉记得多吉近两天的样子，话极少，眼神也没了光彩。

“不说他了，你呢，怎么样？那个诺杰，他有没有说要帮你调到拉萨啊？”

“没有，只是说他期待我休假。可是咱们都在实习期，休假还遥遥无期。”

“喂！”其美突然从小床上坐起来，从面膜的两个“孔”

里透出严厉的眼神：“为了保值，你可别在休假期间就失身了啊！”

桑吉又羞又恼，“哼”了一声，赶紧闭上眼睛。

十五分钟后，两个人敷完了面膜，店员轻声慢语地说：“二位先休息，我先招呼一下别的客人。”

桑吉和其美对望了一下对方被面膜敷的水花花的脸，其美还向桑吉做了个鬼脸。之后二人从小床上坐起来，正打算离开，却被眼前的景象愣住了。江白一边看手机一边走了进来，很明显他在等着另一张床上准备洗脸的女孩。那蒙着面膜的女子嗲嗲地说了句：“哥，你真好！”。

桑吉和其美立刻再次躺下，同时闭上了眼睛，恨不得店员能再给她俩来个面膜。好在没多久，江白就接了个电话，出去了。

桑吉和其美躲躲闪闪地快速离开了美容店。一走出小店，性子急的其美就问：

“那女的是谁啊？他们感觉很猥琐。”

“我也不知道。”桑吉轻轻地摇头。

聪慧的其美没有和桑吉继续讨论这个话题了，因为凭着朋友的察言观色发现，即便桑吉之后再怎么强颜欢笑都掩饰不了她内心微妙的不快感。

第二天回到乡里，一样是淅淅沥沥的雨天。

桑吉、多吉和旺杰一起吃着饭，炉火烧得旺旺的，把室内外的温差拉的很大。自从其美借调之后，主要就是桑吉做饭，多吉生火，旺杰洗碗筷。其美走之前已经将炒菜方法和技巧都传授给了桑吉。桑吉也认真做了笔记，她发现炒菜比她想象的容易，有时甚至是一种享受。

此刻多吉和桑吉各怀心思，默默吃着饭。只有旺杰还像往常一样边吃边聊，全然不顾另外两个人的沉默。

“哇，你们两个，吃饭心情要好一点，不然吃下去要胃疼。桑吉，多吉，你们俩有听我说话吗？”

多吉不好意思地朝旺杰笑了。

“好，刚才想别的去了，你说说，哦，上次那个仲堆村的姑娘，听说昨天找你了，真的吗？”

“哈哈哈，你们这些狗仔队。是啊，我是谁啊？在拉萨、在康区，都是帅哥一枚！”

桑吉忍不住插嘴道："旺杰啦，你一天不吹牛都不行啊？那女孩怎么找你来了？"

"就女孩子的那一套呗。送了家里的藏香猪肉，还问我有没有脏衣服需要洗？唉！我怎么到哪里都那么招蜂引蝶呢？！"

"怎么会这么快就对你这么殷勤啊？"多吉问。

"那女孩听说是仲堆村村长女儿，又漂亮，干嘛这么快就对你百般讨好啊？"桑吉也疑惑地问。

旺杰看看多吉又看看桑吉，哼了一声，慢悠悠的夹了一片香肠。

"你们两个老实人，不懂的。"

正在桑吉和多吉想捶旺杰的时候，门突然被"吱"一声推开了，只见江白浑身湿透，前额发梢滴着水珠，大口喘着气："快，快，翻车了，来救人。我通知了所有人，你们快来！"

江白说完就转身跑出去了。桑吉、多吉和旺杰也放下碗筷跟着江白跑了出去。只见司机巴珠的北京战旗和大巴车已经在门口等候，乡里的所有干部正紧急集合，上车赶赴车祸现场。

离乡政府20公里外的318国道，正是江水急转、道路拐弯的地方。夏季江水湍急，持续的雨水使道路变得湿滑、泥泞，一辆从昌都开往林芝的长途客车在半小时前已经翻入了江水里。岸边有几十个老百姓和乡干部正在开展抢救工作。就在他们几个乡干部赶到的时候，客车上的20多人已经被滚滚江水吞噬，只剩下仍漂浮在车顶上的三人。其中有一个是五岁左右的孩子。

雨越下越大，江水涌动，幸存的几个人也是命悬一线。岸上的群众和乡干部一起向幸存的人员扔粗麻绳，这样幸存者可以抓住绳子，众人合力将江水中的人拉上来。

水中的三个人衣服湿透了，头发贴在脸上，那个年轻女子不停地哭泣，那个孩子则一边哭着看岸上的人，一边时不时望着滚滚江水。据说在车子刚刚翻下去的那会儿很多人试着抓住自己的孩子，努力将其置于即将下沉的车顶，这孩子一定也是其中一个。桑吉看到这孩子，泪水立刻盈满了眼眶。岸上的人一个比一个紧张，大家都被淋湿了，一些妇女干部一边哭泣，一边默默参与营救，此刻，时间就是生命。

大伙打算先将这个五岁的男孩拉上来。孩子一边哭泣一边试着抓住绳索。可是雨水和大风使绳索马上偏离了方向，众人拉回绳索，不断将绳索抛向江中。几个来回之后，年轻女人终于抓住了绳索！她停止了哭泣，将绳索系在了孩子腰间，那孩子咬住牙握紧了绳索！

众人合力拉动绳索，一步一步往岸上扯，有人在潮湿的草地上滑倒了，又立刻爬起来和汹涌的江水作着生死博弈。还算顺利，小孩终于被大家拉了上来。桑吉跑去抱住那个已经精疲力尽的孩子，安慰着他,而这孩子表情木讷，看得出他已经被吓傻了。

桑吉见江水无情的拍打着那个仍然承载着两条生命的车子，车子还在下沉，车顶上的一女一男慌张地伏趴在车顶上。桑吉看到车顶上的男人只有一条腿，他俩只手紧紧抓着车顶铁皮向下折处，手部已经出血，那里的江水被鲜血染红。桑吉的心被紧紧揪住，感觉自己腿部发麻，浑身没有了力量，她恨自己此时的这种无力感。

大家把绳索再次扔向江水中，可是风越来越大了，绳索很难准确抛向受难者身边。一次，两次，三次，四次，大家努力一次次地扔出去，又拽回来，再甩出去。终于，终于被扔到了那个男人身边，他接住绳子，有两秒钟，他没有动，之后他默默将绳子递给了旁边的女子。女子接过绳子，同样的两秒钟，她也没有动。她定定地望着那个残疾男人，之后用绳索紧紧地系住自己的腰部。

书记指挥众人，“大家一起拉，使劲啊使劲！”

大家半倾着身体、咬着牙齿和江水做着抗争。这个落水的女人使出了浑身的力气，再次抓紧那条生命的绳索，终于被大家一点一点地拉到了岸上。

书记很焦急，“继续，还有人，快扔绳子！”

江白接过绳子：“我来！”桑吉从后面望着江白，他的裤腿全是泥巴，浑身湿透了。江白果断把绳索抛了下去，很准确，一下就扔到了那个男子身边，那男子急忙接过绳子，等待着大家的救援。

“一，二，拉！”书记吆喝着。大家继续倾着身体，往后拉，草地很滑了，大家一个个滑倒，又立刻起身，继续拉。雨更大了，江水发出咆哮声，那个男子大概是在雨水挣扎、浸泡、等待的时间太长，他开始显得疲惫，手虽然仍抓着绳子，但脸上的表情已经明显力不从心了。

江白朝着那人喊“阿若[1]，你抓紧！千万别放手！系在你的腰上！”

男人试着将绳索系于自己的腰部，他使出浑身力气打了个结，之后他双手抓着绳索等待着。突然，江水又发起了一轮猛烈的攻击！绳索断开了！车子沉没了！那男子被冲走了！

“阿若！阿若！”江白冲他大喊。

“啊！”所有人捂着嘴，尖叫着。

那人似乎听不到岸上的任何声音了，他没有做什么挣扎，仰着脸，像奥菲利亚[2]般，安静地望着天空。任凭风吹雨打，任凭岸上的人哭着喊着，他就这么漂走了。

“啊……”桑吉在岸边，本能地追着那个男子。他仍仰望着天空。桑吉听说人死前会蒙太奇式的追忆生平，此刻他看到了什么呢？

---

[1] 昌都方言意为“朋友”。

[2]《哈姆雷特》中的选择溺水自杀的奥菲利亚。

很快江水完全吞没了那个残疾男人。

桑吉无奈地回头看岸上的人们，大部分妇女都在失声痛哭。江白跪在草地上，双手捂住脸，无声地抹着眼泪。

桑吉大步跑到江白身边，她跪下来，轻声拍着他的背部："好了，好了，江白，你看我，看着我，你尽力了，我们都尽力了……"

过了好一会儿，江白恢复了往日的平静。

"谢谢，桑吉。"他用手拭擦了满是泪水和污泥的那张脸，默默地低着头，起身走开了。

雨下得更大了，天地间，万物模糊，望着江白独自远去的背影，桑吉浑身松软，瘫坐在草地上。

# 白珍

又是一年秋来时，十月的波密雨水渐消、秋风未起，周围的景致变得熟悉起来。桑吉心想自己在一年前的这个时候，还遥想着北京的秋，如今却也安逸于这山林瑟瑟的秋风和黄绿相间的色彩来。不觉间，已经一年零三个月了[1]。按照组织程序，基层公务员在工作年满一年后，就可以转正了。转正意味着可以休假、可以调动、可以结婚。其美就是在这一个月里正式调入了波密县委宣传部。

这周五，其美包车回到松宗乡，打包收拾仍留在乡里的衣物。桑吉也过来了，帮着收拾东西。其美心情不错，一边哼唱琼雪卓玛的《黑氆氇》，一边收拾着。

“哦，桑吉，我在县里看到了今年新分下来的毕业生。”其美突然说道。

“这次分咱们乡的有几个人啊？”

[1] 毕业生通常从毕业当月（7月）计算工龄。

“听说就三个，两男一女。”

其美突然走到桑吉身边，严肃地说：“早点调啊，不然竞争会越来越激烈。”

见桑吉没有做出反应，其美就高仰起头，夸张地伸出手臂，作出仰天长啸状：“所谓长江后浪推前浪，前浪死在沙滩上！”

桑吉“扑哧”地笑了。桑吉的笑声吸引了正从门口路过的李书记。其美立刻“恢复原状”，继续收拾起东西。李书记走进屋，手仍然背在身后，环视了一下其美的屋子，之后清了清嗓子。

“嗯，其美，咱们一起吃中午饭，大家简单给你送个行。”

“不用，书记，县和乡这么近，送什么啊？”

“不行，以后变成有名的主持人了，见你就难了。”

其美笑笑，爽朗地回答：“好，我做给大家吃。”

“怎么行？今天我们叫了你嫂子，我老婆做给你们吃。”

书记让仁青叫了所有乡干部到书记家里吃饭，为其美饯行。不一会儿，书记的小屋里就坐满了人。书记老婆也是甘肃人，善于做面食，平日大家就喜欢到书记家里蹭炒面吃。不过看今天这架势，她是要让大家尝尝自己炒菜的功夫了。她依然系着蓝色碎花围裙，忙着摘芹菜叶。

“你们先嗑瓜子啊！”

书记老婆热情地招呼着大家坐下，自己就跑到厨房里忙乎了起来。其美和桑吉为大家泡了菊花茶，之后就准备到厨房打下手，却被书记老婆一把推了出来。多吉来了，正好撞见从厨房出来的其美。

“恭……恭喜你！”多吉这句恭喜说得有些吞吞吐吐。

对于多吉的祝福，其美表现的很坦然。

“唉呀，你藏文好，很多单位需要这样的人。”

“唉呀呀，你们知道吗？唉！”书记喝了口菊花茶：“每年有多少人离开基层，往县、地区、拉萨跑？老这样，我们基层工作怎么开展？我们每年都见证着人才的流失。”

“越是新来的，越是年轻的，越是好学校出来的，越是有才的，都要走。”书记把目光停留在江白身上：“只有江白还待得住。”书记的情绪突然变得伤感起来。

“好了，天高任鸟飞。李书记，咱们，还是祝福吧，啊？！”扎西乡长说：“其美，你有上进心，好好干，大好的前程在等着你。还有将来县里找你办事，多帮帮忙啊。别忘记松宗，别忘记我们。”

其美起身端起菊花茶，毕恭毕敬地对大家说：“我以茶代酒，敬你们！谢谢你们，真的。还有，以后有什么需要我的地方，尽管来县里找我！”

大家也都端起茶杯喝茶。旺杰姗姗来迟，做出惊奇的样子。

“哦孜孜，还没吃就喝上啦？”

“哪有你那么幸福，天天喝村长家的头道青稞酒。”仁青嗑着瓜子说。

旺杰摇了摇头没有作答，他径直走进屋，坐在仁青身边，也开始嗑瓜子。

书记老婆干活很麻利，不一会儿的功夫，菜就开始一一上桌了。书记从老家带来的香肠、腊肉，平日都高高挂起来的，今天可都上了餐桌。此外，书记老婆还做了松茸鸡，鸡是新鲜的，可以看出书记一家对今天的“欢送”是早有准备的。等菜都上齐的时候，桑吉看到江白也来了，坐在书记旁边聊着五保户俄罗。一看见桑吉，江白不怎么说话了，他在看她时，目光温柔却有些闪躲。有时候桑吉会不禁怀念起他们在麦田里的那个午后，如今不知是因为诺杰还是“洗面女”，她和江白的一切，变得那么难以捉摸。

中午大伙儿本不打算喝酒，但性情所致，加上第二天是周末了，书记便让老婆从乡小卖部买了一箱百威啤酒，大家也就痛快地喝了起来。

在酒精的作用下，大家面部绯红，笑点也逐渐变低，几个女干部嘻嘻哈哈的笑个没完。后来在大家的一致要求下，其美还唱起了由仓央嘉措的诗谱成的歌谣《玛吉阿米》。

“如果不曾相见，
人们就不曾相恋，
如果不曾相知，
怎会守着相思的熬煎……”

相见，相恋、相知、相思，听着其美高亢明亮的歌声，桑吉在心里默默重复着这几个词，心里总感觉还缺一个环节。正琢磨着，却见痴痴的多吉，凝神望着正在唱歌的其美。也许是喝醉了，他的目光散发出赤裸裸的爱慕之情，有几秒钟，灵魂就像出了壳般，呼吸也省去了似的。一旁的江白则低着头，自斟自饮，整晚他都没有和桑吉说一句话，甚至没有多看她一眼。

对了，差“相守”这个环节，桑吉突然意识到。

第二天清晨，大部分乡干部都坐着十元的公交进城去了。江白因为昨晚喝多了头疼，起晚了，只好坐其美事先租好的面包车，和其美、桑吉一同进县城。

“江白哥，以前你周末不怎么进县城，怎么现在每周都去啊？”

“嗯，有事情。”

“约会啊？”桑吉很希望其美能继续盘问下去，可是其美打住了。趁江白进屋取包时，其美偷偷地对桑吉说：“县里人都说他和一个女混混约会。”

“女混混？”

桑吉睁大眼睛问。此时江白已经走了出来，他的头发被定了型、散发着定型啫喱水的香味，还戴着茶色墨镜，桑吉看不清他的眼睛。他背上背包，点了点头对桑吉和其美说：

“久等了，快走吧。”

一路上，桑吉不太愿意看江白，就和其美不停说话。可是其美毕竟坐在前排副驾驶座，交谈起来不是很方便。当陷入沉默时，坐在后头的桑吉和江白多少显得有些尴尬。桑吉选择扭头看窗外的风景。

车开到县城附近时，手机突然有了信号。桑吉的手机响了，一看是诺杰的号码。桑吉接了，不知道为什么今天接诺杰的电话要比平时更兴奋。

“诺杰，我正在去县里的路上。好的。我快转正了。明年夏天休假……嗯，来拉萨，好……你陪我回一趟老家热振。好吗？”

桑吉聊着，她用余光望了江白一眼，发现他一直在看窗外。

诺杰对桑吉一直呵护有加，今天心情看起来也不错，挂电话的瞬间，诺杰说：“桑吉，我很想你。”

桑吉听了，不假思索地回了一句：“我也想你。”

挂了电话，其美从前坐转身看她：“进展不错啊，看来过不了不久，乡长又要叹息人才流失啦！”

桑吉望了其美一眼：“我这样的，还算不上人才吧！”

桑吉和其美聊天，暗地里却忍不住观察起江白的表情。她发现江白刚开始有些尴尬，笑起来有些勉强，但后来却坦然多了。这时桑吉的心情却有种说不出来的复杂。

“我们快到喊泉这里了，要不要停车上去看看？”江白突然打断两个女孩的谈话，饶有兴趣地问桑吉。司机听到这话后，车速也减慢了。

“可以，桑吉，你说呢？花不了多长时间。”其美转身问桑吉。

“算了吧，以后再看吧，今天我没有穿对鞋子，爬山不方便，而且我今天……也不想说真话。”桑吉回答。

其美和江白听得似懂非懂，但都异口同声地回了声“哦”。

到了波密县广场，江白先下车了。桑吉和其美发现，广场上有一个年轻姑娘在等江白。这姑娘大概十八九岁的样子，皮肤白皙，齐耳短发，眉清目秀，嘴唇丰满，一个大墨镜、不合时宜的短裙子，这打扮简直堪比波密县的“那类”工作者。一下车，那姑娘就抢宝贝似地抓住江白的胳膊，江白则是一脸窘态。

“好了，好了，走吧。桑吉，其美，我们走了。”江白说。

桑吉看着江白和那女子，心一点一点地往下沉。这时那个姑娘把扶着江白的手抽出来，抬起下巴，傲慢地走道桑吉跟前。

“你就是桑吉？”

“你怎么知道我的名字？”

“哦，我叫白珍。”那个女孩阴阳怪调地说：“江白经常提起你，说你很优秀。今日一见，才知道你还是个美女。”

姑娘回头再对江白妩媚一笑，江白急忙走过来。

“桑吉她们还有事情忙，我们就别打扰啦！”

姑娘不笑了，再次挽起江白的胳膊走开了。桑吉却忍不住一直盯着二人的背影。其美拍了拍桑吉的后背。

“喂喂喂！人家好那口！走，回我新家，帮我收拾，今天事情很多。桑吉，今天你只属于我。别想别的啊。”其美挤出一侧的酒窝，学着江白的语调：“今天有事情忙哟！”

桑吉无奈地摇摇头。

冤家路窄，她没有想到在未来48小时内，还会见到这个叫白珍的女孩。

星期天上午，其美陪桑吉来到菜市场买菜。和波密县的街道一样，波密县菜市场也越来越大了，伟大的相对论。仔细观察，这里的菜品也相当丰富，几乎所有的菜都是本地种的，嫩绿嫩绿的；最里面那几家是卖鱼肉和猪肉的。美中不足的是，由于本地养殖的牦牛不多，所以卖新鲜牦牛肉的少，很少吃到桑吉最喜欢的“夏馍馍”[1]。不过这个菜市场也有自己的亮点。市场门口两边，简直就是土特产一条街，土鸡蛋、干松茸、天麻、手掌生、干辣椒、蜂蜜等好东西一应俱全。桑吉今天买了些土豆、白菜、芹菜等蔬菜和一点新鲜猪肉，之后就蹲在地上挑选蜂蜜。

其美和菜市场门口的批发店老板很熟，她跑到那家店里寒暄了一阵，之后就要来了一个结实的纸箱子和透明胶，把桑吉买的东西都装入箱子，并用透明胶把纸箱子封了口。其美还在批发店里给桑吉买了洗发膏和一包卫生巾，体贴地说：“需要什么给我电话，我从这里买了给你捎过去。”

“谢谢，姑娘。”桑吉望着其美白里透红的脸，会心一笑。

“还有。”其美似乎有些犹豫。

“什么？”桑吉问。

“多吉这个大老粗，我发现他连像样的洗面奶都没有，都是用肥皂洗脸，就差用洗衣粉了。我想……要不要给他买

[1] 藏语中意为牛肉包子。

瓶洗面奶？”

桑吉愠愠地看着自己的朋友。她知道闺蜜那点心思，不过其美这么做可能会带给多吉无谓的希望，桑吉不忍心。

“如果你想继续，就买吧，随你。”

其美抬起了低垂的眼睛，一道亮光从她眼里闪过。

“有办法了！买，就当你买给他！呵呵！”

“你真狡猾！”桑吉瞪了其美一眼。

正在二人嬉笑间，桑吉突然看到街对面一张熟悉的面庞。和其美一样的白皮肤和高个子，正在街道对面深情地望着她俩。

“央宗！”其美激动地跑过了街，去抓住央宗的手。桑吉发现央宗依然漂亮，以前扎成马尾的长发已经编成了麻花辫，并整齐地盘在脑后；深蓝色的风衣、紧身的黑色裤子，右手挎着一个布料方形大包；她站在街对面甜甜的笑着。桑吉发现仅仅一年，央宗变化很大，她的气质更自信和优雅，眉宇间还透着一股干劲。桑吉吃惊地捂住嘴巴，也快速过了街和央宗打招呼。

“好久不见！”央宗也很激动，“你们今天要回松宗吗？”

“嗯，晚了就没有公交车，明早上班。你什么时候到县里的央宗？”

“来了三天了，还有一周时间。县里有培训。早知道你俩在这里，我就早点联系你们了，昨晚还可以一起吃个饭，好好聊聊天。”

“我可以陪你，我已经调到宣传部了。你住县招待所吗？搬过来住我家吧。”其美兴奋地抓紧央宗的手。

“太好了，县里有朋友就是好。”央宗捋了捋耳边的碎发。

“离发车还有两个小时呢。我把这箱子菜放车上就来。咱们去喝个甜茶聊会儿吧。”

三人一起来到波密县广场，桑吉把装菜的箱子提上了大巴车。一上车就看到了江白和白珍坐在一起，女孩今天的气色很差，江白不断地说着：“回去休息吧，好吗？你身体现在很弱的。”

桑吉故意咳了咳，把纸箱子重重放到了前排椅子上。

“哦，桑吉，买了那么多菜？”江白才看见桑吉。

“是啊，现在我是主厨嘛！你们好难舍难分啊！”

桑吉自己都能感觉到话语间的醋意，不由得一阵脸红。白珍一看见桑吉娇羞的样子，立马倚靠在江白肩头，娇声说道：“刚做完人流，你说你舍得我一个人吗？”

“人流？”桑吉听到这个词，感觉头晕脑胀，而江白则一副有口难辩的神情，“我……桑吉……白珍她……”

看到江白支支吾吾的样子，桑吉索性一下子跑下了车。

其美和央宗见她脸色不对，忙问：“怎么啦？”

“没事，痛经！”桑吉闷闷地说。

这家甜茶馆叫“扎西茶馆”，店面很大，里面都是藏式的陈设，房屋中间生着炉火，有点闷热。上午11点半正是人多的时候，甜茶、藏面、肉饼、牛肉包子，这里提供的餐饮种类不算多，不过却颇有人气。屋内也因客人间的交谈和噼啪的炉火声而变得嘤嘤嗡嗡的。其美认识的一个县团委、戴眼镜的年轻男子也在对面一桌，他殷勤地为其美她们三人的三磅甜茶和三碗藏面买了单。其美朝“眼镜男”点点头，之后转身朝桑吉和央宗挤眉弄眼。

“很讨厌，经常发短信给我。”其美悄悄地说。

“你确定自己没有招他吗？”央宗也悄悄地问。

三个姑娘会心地笑了。桑吉喝了口甜茶，微笑着说：“还记得我们刚来的时候吗？”

央宗回答：“我都给县委书记下跪了！”

三个姑娘笑声更大了。

“现在怎么样，央宗？”其美追问。

“很好。我工作的很卖力。怎么说呢？我觉得实现了自我价值。康玉乡条件是苦，一年大部分时候大雪封山，吃不到蔬菜，有些百姓还挺蛮横。但是那里的乡长书记很重用我，我汉藏语都会，康巴语也会，和百姓交流是零障碍。你知道不是所有应届毕业生都有这个能力。因为工作得力，他们说要培养我当后备干部。但是这些都不是最重要的。”

“那是什么？”其美问。

“感觉自己正在熊熊燃烧，嗯……”央宗抿着嘴、眯着眼，望着屋顶的一角，似乎在找一个更贴切的词语，最后，她的表情突然放松下来，放弃了寻觅。“嗯，对，就是燃烧，我再也想不出别的更恰当的比喻了。”

“燃烧？”桑吉追问。

“嗯。”

央宗低着头，不好意思地笑了。

“央宗、其美，我觉得你们俩真的很优秀，很努力，也很有方向感，我真要向你们学习啊！”

“什么啊，桑吉你别老学习学习什么的，太正经啦……我适合干咋咋呼呼的工作，所以显眼哦。而你呢，文章写得好，责任心强，能认真完成领导交付的工作，领导就想雪藏你这种人。”其美说。

“桑吉，我听扎西乡长说了，你很不错呢，又踏实、很认真。”央宗温柔地看着桑吉。

“扎西乡长？你们怎么认识的？”桑吉和其美异口同声地问。

“你们认识他的那天，我就认识他了啊！”

央宗喝了一口茶，故弄玄虚地关闭话匣子，看她二人仍然不解，就慢悠悠地夹了口泡菜吃，再把剩下的藏面汤也喝了。

“快说啊！”其美很性急。

“就是我下跪的那天中午，你们乡长来找我，并且送了两盒21金维他（维生素）……看你们俩这样子，好像很不可思议。”央宗笑着说。

“为什么啊？”桑吉也急了。

“他说他知道康玉乡蔬菜种类不多，因此最好补充维生素。还说，以后到县里就给他联系，他会一直免费提供维生素。”

其美杏眼圆睁：“没想到他也会这么……这么浪漫啊！哈哈哈哈……”

三个姑娘都笑开了，不过央宗似乎马上恢复了理性。

“嗯嗯，严肃点，看那边那个眼镜一直看我们，主要在看其美。”

其美见团委的那个戴近视眼镜的男子正朝她看，立马恢复淑女状，朝他再次点头微笑。

“多交朋友，走到哪里都有好处噢！”其美一边朝眼镜男招手示意，一边低声说。

“上学的时候很专一的啊，现在这么开放啊？”央宗问。

“好了，继续你和维生素。”其美说。

“之后，我们通过卫星电话联系。有时也请人带信。经常是几封一起寄出，或者一下子收到他的好几封信。他说对我是一见钟情，而且在我最困难的时候给了我安慰。他是个很有力量的人，我感觉他是个不一样的男人。还有……”央宗显得有些羞涩：“这周末他也来县里看我了。”

“你觉得乡长这人怎么样？”桑吉迫切地追问。其实在桑吉看来，他们很合适。

“可以。是可以靠得住的人。本来我还在怀疑他是不是可怜我，毕竟我那时状态不佳，后来才知道他的真诚。”

“可是你们见都见不到几次面啊？”其美说出了自己的担忧。

“你见或不见，他就在那里。”央宗再次故弄玄虚。

“开玩笑的，我想……车到山前必有路。关键是我必须坚持先走到山前。”

桑吉点了点头，并本能地看了看其美的反应。只见其美仍微笑着看央宗，但眼神突然变得复杂，眼眸深处的活泼劲儿瞬间变得死寂。其美对央宗率真的爱情观，看似有些羡慕又有些许的怀疑。桑吉认为此时其美一定不是在怀疑央宗的真挚，而是怀疑命运，怀疑命运的底牌到底是藏了怎样一个花色。

回乡的路上，桑吉望着窗外。一切都是她们刚来波密的景象，但是她知道一切都已经悄悄发生了改变。现在在这辆公交车上，她能感觉背后有一团火，在她的余光里，他一直在朝自己这里看。她突然回头看他，他像是被逮了个正着，傻傻笑着，露出了整齐而洁白的牙齿。

桑吉觉得在江白的心里一定住着几个人：一个老头和一个男婴，或许还有一个陈世美。不过现在她不太在乎这些了。她也朝他笑。

"你笑起来，像……"

"像什么……"

"赤辛梅朵！"

"你根本没有见过这种花！"

"我猜这花就是长这样的 。"

江白说完自己都不好意思了。桑吉微笑着转身，回过头望着前方。她过去经常晕车，不喜欢走长途，可是自从来到了波密，她就喜欢上坐车了，喜欢欣赏一路的美景。这个时候她甚至希望她和他就坐在这辆车上，永远就这么开下去。她不想问他白珍的事情了，如果他想让她知道，就会在适当的时候告诉她，如果不想，猜也无用。桑吉还想，近期自己的心绪多少证明了是有些喜欢他的，她第一次这么正式告诉自己，她发现这样的坦诚没有想象中的不堪，甚至略带欣喜。桑吉还觉得，或许喜欢和得到根本没有必然的联系，这种想法让她觉得豁然释怀。

顺其自然，对，顺其自然吧，桑吉告诉自己。

## 你要幸福

转眼已是冬季了。波密十二月的平均气温不到零下10度，但由于云量多，阳光的威力被大大削弱，人体感觉还是较为湿冷。如果不用下村，大家就哈着手上班，坐在办公室里一直抱着取暖的水杯、跺着脚；男同志们则下楼到升旗台边晒太阳，熬到下午下了班后，他们嘻嘻哈哈一起吃晚饭，寒暄半小时左右之后，年轻人们都会选择钻进被窝里暖暖的睡觉，反正冬季的黑夜也会早早来临。

今年新来的几个毕业生个个能唱会跳，性格也开朗。和桑吉他们那批一样，两男一女的搭伙吃饭，偶尔也会来多吉家和桑吉他们一起蹭饭吃。三个新生还很会玩纸牌，总是带着瓜子、麻辣凤爪之类的零食找桑吉、多吉和旺杰玩“三缺一”。

对于桑吉来说，这个冬季是忙碌的，乡里要调研、统计、汇总的东西很多，而这些材料也统统由桑吉负责。最令桑吉感到欣慰的是朗秋村的小女孩明年可以上乡完小了。有了诺杰的资助，孩子的父母亲是十万个愿意。小女孩还吵着要见诺杰哥哥，桑吉就把诺杰的照片拿给小女孩看，小女孩认真地看了几分钟，她说自己永远也不会忘记了。

桑吉把这些事通过长途电话告诉了诺杰，诺杰说："太好了，将来她若是来拉萨上中学，就找我啊。"

当然诺杰最感兴趣的还是桑吉的休假。

"快来吧，我都成望妻石了。"

"什么妻阿？别乱说。"桑吉快速打断诺杰的话。

"我有很多的计划，就等你了桑吉。来拉萨啊！在林芝待几天？"

"几天？我父母都在林芝啊，肯定至少28天了。"

"你就30天，还待28天？你还得见公婆呢。"

"诺杰，在林芝待28天是我开玩笑的。但是我们毕业才一年多，可以不要这么快见父母吗？还有，我这次休假还有重要的事情，你能陪我吗？"

"说，上刀山下火海在所不辞！"

"呵呵，没有这么夸张，我想回一趟老家热振。陪我好吗？顺便可以拍照什么的，你一定喜欢的。就用一个周末的时间。”

“自从在学校里你和我提起热振后，我就一直想去那里。我好久没有摄影了，这次也是好机会。”桑吉听到这话后，内心不由得一阵感动：“诺杰，非常谢谢你，朗秋村小措姆的事，还有打算陪我去热振的事。”

当然除了朗秋村小女孩之外，最让桑吉感到欣慰的还有五保户俄罗。过完松宗的小年，当柳枝发芽吐绿时，俄罗开始戒酒了，把桑吉给他的钱都存了起来，收拾屋子，也把自个儿收拾得干干净净。村里照顾俄罗，把护林员的名额给了俄罗，他也欣然接受了，并且尽职尽责。是什么点燃了俄罗的希望呢？扎西乡长就这个问题问了桑吉，桑吉也不知道。只是有一次桑吉专门看望俄罗，帮着老人洗衣、做饭时，俄罗满面笑容地说桑吉让他想起了自己外出打工的孙女，还说孙女现在有空就来看他。

扎西乡长对桑吉的做法很满意，还专门告诉了李书记。书记夸奖桑吉，说她的确是一个做基层工作的料，踏踏实实，不流于表面。桑吉备受鼓舞，将这些事情告诉了父母，父亲很是欣慰：“呀咕嘟[1]！老人和孩子都喜欢的人，错不

[1] 藏语中意为“非常好”。

了！”

不仅是桑吉，多吉也开始习惯基层的生活和工作。多吉似乎已经想通了其美的“放下”，尽管每次进县城他都要询问桑吉是否去其美那里，七拐八拐地询问其美是否交了男友等事情。但总的来说，桑吉觉得多吉已经开始将生活重心放在了工作上，他认真地将一些文件内容做了藏文翻译和笔记，以便下乡时可以更好的加以宣传，他还托西藏大学的师弟帮他买了厚厚的藏文词典，一有空就埋头钻研。

其美则更会打扮了，长发剪短了，染成了酒红色，衬的皮肤更白皙；细长的高跟鞋，使她的身段更婀娜多姿。现在她不仅是县电视台播音员，也是县舞蹈团的主力，听说追求其美的人很多。其美总是对桑吉说追求他的男生有谁谁谁，这些男的又有着什么样的家世背景、长相又如何，但桑吉能看出来她从来没有真正的对谁上心。

至于旺杰呢，看来与仲堆村村长之女来往甚密。松宗有一个40平米的朗玛厅[1]，松宗各村的年轻人白天喜欢来乡里打台球，晚上就到这个朗玛厅喝点啤酒，跳点舞。有一次，那个村长女儿专门来找桑吉，来借跳舞时穿的衣服。

[1] 藏式歌舞厅。

“借我一个毛衣，跳舞时候要脱外套，所以里面的毛衣不能太丑了啊！”

“都在这里了，你挑吧，喜欢什么颜色？”

这位个子高挑、皮肤白皙的乡下女孩，一件件地翻看着桑吉的衣服。

“白色吧，在朗玛的灯光下，白色最好看。”

桑吉很诧异这位看起来朴实的姑娘骨子里暗藏的小心机。

在朗玛厅，那姑娘和乡里的年轻人一直跳着需要不停垫起脚跟跳的“集体舞”，她看起来是领舞，舞姿轻柔、富有弹性。旺杰看得很高兴，还跑到舞池中间和那个女孩一起跳，有时甚至还俯下身用抖动的肩膀碰触女孩的肩膀，很暧昧的样子。

当然，在这段时间里，桑吉每天也能见到江白，有时还是一起下村工作。除了诺杰和白珍，他们无话不谈。工作、文学、电影、音乐，他们的谈话内容总是能吸引对方。江白说他完成的中篇小说《一个人的小镇》已经在网上发表数月，前两天有出版社的编辑打电话说，因为点击率比较高，可以帮他出版，但鉴于是新人，稿费会很低。江白说他很开心，因为他不在乎钱。

“有工资啊，够用的。”

他细细的眼睛眯成了一条缝，一如既往露出了整齐、洁白的牙齿。桑吉怀疑《一个人的小镇》是否就是江白的自传。她曾听说很多作家的第一本小说都会有自己的影子。

桑吉发现江白还是个古典音乐迷。他用旧磁带和一个破旧的老式录音机听很多古典音乐。桑吉嘲笑江白，说由这样的电压带出的旧磁带，所听到的音乐一定是严重走调的。尽管如此，桑吉依然喜欢走到江白家门口，默默地站在门口，听那些音乐。除了深夜，江白的门也总是开着的。一到中午，美妙的旋律和着午后的阳光，形成一种叫时光的东西，在江白家门口停滞、凝固。这种对时光的特殊体会，桑吉自小就有。孩童时，小朋友正玩耍，来了一场突如其来的雨水，各自被唤回家，而桑吉就喜欢躲在堆柴禾的小木房子里，抱着破旧的洋娃娃听雨声。她觉得很安全又温暖，心静的仿佛能锁住了那点时光。每当有这种体会时，内心是欣喜而踏实的，能真切觉察出时空缝隙里那个存在的自己。

江白的那些音乐，能时常唤起桑吉心底的这种欣喜之情，即便听的音乐可能是伤感和抑郁的。和江白一样，桑吉也喜欢肖邦。江白说，肖邦的曲子哀而不伤，结构不复杂，是古典音乐的“入门曲”。他说如果你对音乐的理解程度还不到巴赫、贝多芬那个层次，就听肖邦吧，东方人都喜欢肖邦。桑吉观察到江白常边刮胡子边听肖邦，在肖邦行云流水式的钢琴曲里，江白对着贴在墙壁上的小镜子慢慢刮，将剃须膏一道一道地划开。

乡里很多人都喜欢江白，但了解他的不多，大多会给以这样的评价“老实人”、“没有野心”，但桑吉知道他内心的多彩，了解他的确是一个单纯的人，但是绝对不是一个简单的人，他有一片自己的天地，不是“小王子”的星球，也不是灯红酒绿的尘世。他貌似软弱，实则强悍的捍卫着那片自小搭建的城堡。在对江白的认知中最让桑吉不解的是白珍的部分，都说相爱的人要“门当户对、趣味相投”，但是白珍无论从哪里看都配不上江白。难道是因为江白谈恋爱经验不多，稀里糊涂就花了眼？或者是白珍借怀孕、打胎的事情赖上了江白？桑吉做了很多猜想，但看见江白似乎活的很安然，她也就放弃了貌似多余的试探。在桑吉的心里，一直深深的认为，每一个人都有其可取处，不能因为外界的偏见就看低了白珍，也许白珍真的弥补了江白与世隔绝的气质，就像《挪威的森林》里的绿子？如果真是这样，桑吉自认为自己的猜测是多么的狭隘和世俗。

尽管桑吉用很多理性的推测劝说自己安于现状，一切都会美好起来，但是偶尔，当她又路过江白的房门，听到缠绵幽怨的《离别曲》，随即又会陷入沉思。肖邦知道自己即将告别初恋女孩、缅怀他那永远回不去的故乡，而桑吉自己呢？她连自己究竟是在疏离还是在接近他都不确定。有时她仍会深深的为两个人的“错过”而伤神。不过更多的时候，她在默默规划自己的未来。她认为自己得赶紧休假，也相信只要见到诺杰，一切会安定下来，一切就会有方向感了。她要和其美、央宗一样，尽早开始“燃烧”起来。她还要拔掉那个一直在暗暗生长的乡思草。她要和他一样坦然、友好，却不纠结。

可是事实证明：世界上最有力量的往往就是种子的力量，况且那是在人心里的一颗种子。

夏天来了，桑吉要休假了。就在桑吉准备休假的前一周，乡里到处都在讨论江白要结婚的事情。

“结婚？和谁？”桑吉顾不上矜持，劈头盖脸地问扎西乡长。

“也不知道为什么是和那个女孩，叫白珍。你知道吗？我上次见到了那个女孩子，看着感觉很不合适呢。”乡长回答。

桑吉感觉自己的心被突然“揪”了一下。

“什么时候啊？”桑吉问。

“下个月吧。”乡长继续说：“听说白珍是俄罗的孙女，放荡不羁的。就是她的改邪归正，才让俄罗的生活也有了希望。当然我也是后来才知道的。江白听你说起俄罗的惨状，就动了恻隐之心，去找那个在酒吧推销啤酒的白珍。后来，两个人怎么就要结婚了？哎！江白，我希望他别像我这样，最后以离婚收场。”

桑吉突然想起了几个月前江白是和自己提过俄罗有一个孙女的事情，没有想到他会真的那么执著的找她，而且和她陷入爱情。江白该不会为了俄罗娶她的吧？而拯救俄罗又是为了谁？桑吉的内心纠结成一团乱麻。

“书记，那个傻瓜在哪里？”她忙问。

“谁？”

“江白！”

“哦，去河边提水了！”扎西乡长若有所思地望着桑吉。桑吉顾不上扎西乡长的古怪眼神，冲出屋子，径直奔向了河边。

桑吉赶到时，江白已经打完水，将两个水桶和扁担放在河边，自己却蹲在河边，望着阳光下星光点点的河水发呆。

“你，要结婚吗？”桑吉单刀直入。

江白被吓了一跳，缓缓起身，点了点头。

“为什么？我听扎西乡长说的。你别说是为了……俄罗。”

江白歪着脑袋，慢慢地说：“最初是的。”他走到桑吉身边：“可是现在，她真的是需要我。”

“你就陷在被人需要中，你就那么自卑吗？很需要别人的肯定吗？你一点也不独立，精神上很弱小！”

江白看看桑吉，又看看河水，之后他轻轻摇头。

“我虽有些懦弱，有时还会逃避，但我基本上能按照自己想要的生活去活。”

江白走近桑吉。桑吉近距离看江白的眼睛，他的瞳孔逐渐在放大，那双静谧的眼睛瞬间变得不安起来。桑吉第一次见到这样的江白。

“你明明……”他低下头，很快再抬头看桑吉：“为了更好的物质生活和所谓的理想去找别人，我们谁自卑？谁弱小？”

江白眉头紧促，眼神里释放着压抑已久的迷惘。

“你怎么就认为我是为了这些去找他？”桑吉一字一句，用尽全身力气问。可是江白并没有回答她的问题。

“什么成就感？生命不应该是为了什么可恶的成就感。我不寻求什么成就感，我就想做自己。你们都是……所谓的上进心就是不断地获取好的生活条件和所谓的发展平台吗？一个高的平台会让你更接近天，在别人羡慕的眼神里，你成就了自己，但未必能成为自己。到临死前，你才正视你自己。我是什么……我想要什么……我的心在哪里……有多久我忽略了它的存在？或者，有些人根本就没有心。”

他苦笑了一下，再次蹲在地上，双手抓住自己的头发，把它们拨乱。然而，没有多久，他安静了下来，站起身，再次望着桑吉。他的眼神已经恢复了平静，不过就像战后被摧毁的大地，充满了哀怨、无奈和狼藉。

“说了这些，很乱。对，或许我也是一样的，对不起，桑吉。我们都在找自己的成就感，每个人的宿命，无所谓好坏。你走吧，我们应该互相尊重彼此的选择。”

“即使不是我，也不该是她。”桑吉坚定地说。

“不是你，是谁又有什么不同呢？”他苦笑：“况且她本质不坏，是缺少爱。她也是真的喜欢我。她说她会安心和我过这种生活，她说她一直在等我这样的男人。”

“那么打掉的孩子是你的吗？”

“不是，她之前男友的。他们已经分手了。”

桑吉很不解地看着江白，脸上突然有了嘲讽的笑容，她大声的冲他喊：“你到底是什么样的人？她们说的对，是极品！”

桑吉双眼噙着泪水，无奈地转身离开了。江白一个人望着河水发呆，几秒后，他拾起河边的几个石子，用尽全身力气将石头扔向了水面，石子儿在河面上欢快的蹦了几下，之后义无反顾地沉入了河底。

接下来的一周，桑吉和江白没有说一句话，即便是工作上需要有接触的时候也都巧妙避开了，他们保持着距离，但内心却感到深深的苦楚。桑吉一想到江白和白珍的婚期已近，而她和江白仍然处于重重矛盾中，内心便有种被命运捉弄的感受。

桑吉近期很喜欢望着盔甲山发呆，她看着看着，心里总是觉得不舍。不就是休假一个月吗？我为什么这么不舍呢？只要到了拉萨见到了诺杰，一切就会好起来的。管他江白和白珍呢，他们的幸福已经和我没有关系了。江白只是我生命中的一个过客，没有什么离不开的。这几天桑吉就是这么想着熬过来的。她每天都在努力将思绪的缰绳拉到诺杰身上，可是姑娘的心思偏偏如“喜玛拉雅山上的猴子”，越想避开就越清晰，最后只好任由感性的缰绳将自己拉到无尽的苦海。

离开的日子终于到了，桑吉认为这也许是一种解脱。

一大早桑吉背着一个旅行包，手上还提着一个，在318国道路边伸手拦车。她计划从这里搭一辆车到波密县城，再赶上前去林芝地区的客车。此时太阳刚刚升起来，路过的大部分车辆都呼啸而过，没有车子停下。

桑吉看了一下时间，已经是八点整了。正在桑吉怀疑自己是否能按照计划早点搭到前往地区的车辆时，乡里的那辆北京战旗开了出来，缓缓驶到桑吉旁边，摇下车窗的是司机巴珠，而后座坐得正是江白。

“休假回家吗？我们九点半要赶到县里开会，你和我们一起吧！”巴珠热情的说。

桑吉和江白坐在后排，桑吉特意把两个行李放在了两人中间，认为坐远点就不会因为不说话而感到尴尬。桑吉扭头看窗外，夏季的波密，江水水位明显上涨，道路两旁是郁郁葱葱的树林，树枝已延伸到了路面，显得躁动不安。

车开到一半时，江白勉强挤出了几句话，但声音很低，桑吉确信司机不会听清。

“你，要去拉萨？”桑吉几乎怀疑自己的耳朵。确定他是在问她话后，她抬起下巴，冷冷的回答：

“是的。”

江白再也没有说半句话，桑吉也没有。司机巴珠一路哼着小曲儿，大概是感觉到了气氛不对吧。到了县里，司机巴珠下车抽烟，溜达。桑吉下车，拿行李，江白则坐在车里一动不动。就在桑吉低头拎包的瞬间，江白一把抓住桑吉的手，桑吉吃惊地望着江白。江白的眼神不慌不忙、不躲不闪。

“桑吉，我尊重你的选择。但你得答应我，你要幸福。”他低低地说。

“你也要幸福！”桑吉不假思索，简短、利索地回答。

“你要幸福！”这一句祝福是多么恳切和美好，可是往往在恋人之间，这句话是最刺人心窝的吧。

# 林芝毛纺厂

桑吉家住在林芝毛纺厂。

2004年的毛纺厂已经历了轰轰烈烈的“国企改革”。如今这里不再有整齐划一的毛呢生产流程，再也看不到头戴白帽、身着白色围裙的纺织工人。这里已经被另一家大企业兼并。现在最值钱的就是几乎占了林芝地区十分之一面积的地皮。在地皮未纳入新规划之前，这里就呈现出鱼龙混杂的一面，部分纺织工人仍居住在周转房中，部分房屋已经用来出租给铁匠、裁缝或者是外来打工者。厂子的居住区和生产区之间的林荫小道被拓宽了，并且已经被作为地区的一条主街道。桑吉看到往来的大车、私家车和出租车络绎不绝，川流不息的车流似乎在默默宣告这里已经不是一个相对封闭的单位，旧式的格局已经被完全打破。

桑吉回家已经两天，适逢雨季，家里的园子里长满了芹菜、韭菜、野菊花和“张大人”。父母四十岁初头，尚年轻，精神饱满。厂子里虽然已经不再生产毛毯，但仍小作坊式的接一些呢料的染色工作，桑吉的父亲就负责这个活儿。由于林芝本地百姓都穿呢料的贡布服，因此这小作坊自开业以来生意就很好。

桑吉的母亲则和厂里很多工人一样，已经“早退”了。每天，父亲上班做呢料染色工作，母亲就在家里给父亲准备可口的饭菜。闲暇之余，母亲就在家门口打毛衣、和邻居聊天或者看连续剧。这里也有许多桑吉认识的叔叔阿姨，他们已经“下岗”，自发的从事着“第三产业”，有的则在别的事业单位当清洁工或者保安，一切看起来井然有序。可就在几年前，当改革刚刚启动的时候，每一个纺织工人都经历了人生的一场浩劫。

这还得从上世纪60年代说起。1966年，上海毛麻公司维纶毛纺织厂连同其全部人员和设备迁入林芝八一镇。当时林芝地区就是尼洋河旁的一处平摊,单位少、人少，除了兵站、建筑公司和地区车队之外，几乎没有其他建筑，因此林芝毛纺厂是最成型的单位。厂子里有上海师傅和从清华大学毕业的厂长，大部分职工是来自拉萨林周县周围农牧区的藏族少年。进厂时大家也就是15、16岁的年纪，对于他们中的大部分人来说，自他们踏进厂区，他们的一生就此定位：工人、退休工人、下岗工人或返聘工人。反正在称谓上永远烙下了特殊时期 “工人”的烙印。厂子是他们的全部，工人之间的情谊将一直延续到耄耋之年。

桑吉记得小的时候，父亲最爱称自己为“工人阶级”，这是一个令他骄傲的身份。据说当时，在地区事业单位成立时，由于人员匮乏，曾有单位邀请识字的父亲去工作，但都被父亲婉言谢绝了。当工人有什么不好呢？从硬件来看：当时厂里的住宅小楼整齐地呈斜线布置，水泥马路通到自家房前，住宅区的中间是幼儿园，还有小卖部、大会堂、俱乐部，副业队、车队，乃至自己的菜园和水厂。这里几乎是一个自给自足的单位，一千多职工几乎可以不出厂区的生活生产。林芝有哪家单位有如此规模和气派呢？从精神风貌来看，当时工人们穿着整齐干净的工作服，严格按照厂里的生产指标和技术要求，他们走在厂里笔直的水泥马路上，住着二层的独家独院，每天准点收看《渴望》。他们有文武学校、有幼儿园和全地区最好的子弟小学，他们有礼堂，每周都放映流行的电影。桑吉还记得在这座礼堂里，她曾经为台湾电影《妈妈再爱我一次》哭得一把鼻涕一把泪。所有的纺织子弟都以此这样的生活为傲。桑吉记得当时厂子效益好的时候，小学的升学率也是全地区最高的。很多孩子，包括桑吉就是那时考上西藏班的。当时毛纺厂子弟校的孩子经常这样骄傲地唱“热颂[1]、热颂，毛纺厂给热颂；夏颂[2]、夏颂，毛纺厂给夏颂！”

那时的工人们从未想到国企改革的浪潮最终也会登上高原大地。

1990年开始，厂里的生产规模全面压缩。从此毛纺厂和其员工进行了一场漫长而痛苦的挣扎。第一批下岗100人，第二批300人，第三批达500人。总员工1800人的林芝毛纺厂，至此已经有一半人下岗。老员工已经退休，其他没下岗的员工也处在停产状态，工资发放都已经极其困难。内心里，他们怀念过去曾经是作为中坚力量的“工人阶级”的身份，怀念那段青春激昂的日子。不过好在这些工人都是出生于农牧区，他们有着超强的韧劲和适应能力。起初在组建厂子时候，他们被上海“阿拉”深深地影响，他们镶金牙、戴着“假领子”、种着“上海青”，吃着食堂里的烧麦。可是

[1] 藏语中意为“好酷”。

[2] 藏语中意为“了不起”。

当改革汹涌澎湃地来临后，他们再次体现出了农牧区孩子能吃苦的劲头，有的做起了清洁工、保安，有的自己养牛、卖牛奶。下岗工人能吃苦的坚韧劲儿，你可以从刘欢那首公益歌曲《重头再来》中感受到，就是那样的大气豪迈。桑吉觉得这首歌曲是她听过的所有公益歌曲里最不空洞做作，最贴切生活的。她相信在那个特殊时期，一定有很多下岗工人从这个曲子里获得过继续生存下去的能量。

刚毕业那会儿，桑吉整天担心毕业分配的事情，还没有发现厂里悄悄发生的改变，可如今当再次回到这里时，桑吉才注意到厂区里废弃的机器和人们平静的面孔。大家乐呵呵地各行其事，每月按时给正在内地上学的孩子寄出生活费，剩下的工资除了存一部分之外，还可以下一次“馆子”。对于勤劳的人来说，生活中处处都有机遇，他们似乎对生活再次充满了信心和憧憬。桑吉的父亲常说：“人这辈子怎么会没有大风大浪呢？但是对于踏实努力的人来说，总是会有好结果的。”

桑吉的心里很敬佩这些叔叔阿姨们。从小桑吉就知道毛纺厂人的个性，他们辛勤工作、省吃俭用，但在过林卡或者有庆典活动时，他们会唱个够、跳个够，笑个够，喝个够。

他们积极地生活在当下。桑吉真希望自己也是这般个性，可是很多时候知识分子大都属于“玩味和多愁”的个性，这就使得生活总是需要绕弯、难抵本质。桑吉想起了《花样年华》里的主题曲，想起张曼玉服帖和精致的旗袍，想起梁朝伟闷骚的微笑。

就这样在不断的今昔对比中，桑吉在家里待了一周。在一个充满阳光的午后，桑吉洗了个头，坐在阳光下晒太阳、喝酥油茶，她终于和父母说出了想要去拉萨和热振老家的愿望。母亲笑笑说：

“桑吉，拉萨是不是有人在等你？”

“阿妈您说什么呢？”

“肯定是上次来电话的男孩，很有礼貌，一直使用敬语的。年轻人谈恋爱很正常啊，有什么啊。只是，普姆[1]，异地恋爱有没有将来啊？如果没有，就不要陷的太深，女孩子行为上也要矜持点。”

母亲的担忧直接写在脸上，桑吉只好立马安慰妈妈。

“我到拉萨肯定会见我的同学。但，都是好朋友。不是妈妈您想的那样。只是二十多年没有回老家了，想回去看看，您和爸爸又走不开……”

[1] 藏语中意为“女儿”或“姑娘”。

桑吉说了一大堆理由，母亲也渐渐不再询问她关于拉萨男友的事情。不过桑吉却开始问自己，她和诺杰的未来将怎样继续呢?难道真要开口跟他说调动的事情吗?

在林芝的这些天，诺杰每天都发来信息，桑吉的手机一直“嘀嘀”响着， 母亲听到后总朝她意味深长的看，最后桑吉索性将信息铃声设成了静音。诺杰的短信里总是充满了甜言蜜语，桑吉总是无法将这些短信和北京地铁里那个只是嘴角微微上扬的少年联系在一起。

“在干嘛？想我吗？”

“等你到拉萨，带你吃水煮鱼。”

“什么时候来拉萨？我害相思病啦！”

诺杰的个性和以往完全不同了，他简直就是一个热恋中的男孩。桑吉觉得自己反而要更理智一些，这和学校里二人的状态完全相反。其实，出现这种局面并非因为桑吉天生缺乏柔情和诗意，而是松宗麦田里的那个大男孩已经走进了心田。可眼下她还是在时而怨恨那个人，时而在试着真诚祝福他。

种种剪不清、理还乱的情绪让桑吉觉得还是要尽快去拉萨，尽快去见诺杰。

# 拉萨城的诺杰

到拉萨了。

很多土生土长在波密的人到拉萨是有高原反应的，他们头痛欲裂、整晚睡不着。不过对于桑吉来说，倒从来没有体验过高原反应。她觉得稀薄的空气、强烈的阳光、深蓝的天空反而散发着一种催人清醒的力量。

桑吉直起腰身，隔窗看着拉萨城郊岩壁上刻画的经文、天梯和山顶扬起的彩色经幡。此时城市上空弥漫着薄薄的烟雾，桑吉心想肯定是因为星期三的缘故，今天煨桑的人自然多。她再扭头看城市上空正在作业的高空吊臂，西郊耸立的排排高楼，心想着世界上大概再没有一座城，可以如此自然而通达的包容着冥冥中的来世和纷纷扰扰的今生。

车停了。桑吉站起来伸了个懒腰，缓缓走下大巴，取出后备箱里的行囊，还没有来得及好好感受拉萨干燥的空气，转身就和诺杰撞了个满怀。

只见诺杰一身休闲打扮，一身阿迪的套装将他欣长的身材凸显的恰到好处。

“累了吧？媳妇儿？”

诺杰还带着京腔，儿话音很重。他这一声问候把桑吉吓了一跳。

“什么啊？”桑吉杏眼圆瞪，歪着脑袋问道。诺杰一把接过桑吉的行李，一边嬉皮笑脸地呵呵笑着。

“我回拉萨后晒黑了没有？嗯，是不是和你一样，有夫妻相了？没想到我会到客运站接你吧？”

桑吉被诺杰一连串的问题问得一愣愣的，还没有回过神来，就被诺杰直接推进了一辆奥迪轿车，还有司机开车。

“你，打算带我去哪里？”

桑吉结结巴巴地问。诺杰笑的合不拢嘴。

“你怎么像被绑架啦？怎么？基层生活让你的反应也变慢了？”

诺杰指了指前面的司机说：

“这是久[1]次旺，我们家的司机。我带你回我家。你就住我家。”

[1] 藏语中意为“大哥”。

“可是我们之前没有商量这个啊？你只说帮我找宾馆的啊？”

“丑媳妇总要见公婆啊。”

“可是……”

桑吉双手抓着椅背，腰部挺挺的，眼睛东张西望，她真希望车子能停下来。桑吉并不想见诺杰父母，不想住在诺杰家里，至少现在不想。她这样的慢性子对所有来得太快的东西都会感觉眩晕和恐惧。

桑吉回头望了一眼诺杰，这个她大学校园的恋人，此刻他也在看她。他的确不比在学校时白，皮肤黝黑。他的眼睛也似乎变了，瞳孔里放出的光芒也比过去热烈。桑吉很诧异诺杰的变化。她感到困惑，为什么同样的东西，在社会上的发展速度就要快于学校，就像放了什么催化剂。

诺杰仍微笑地看她。

“我和父母经常谈起你，他们对你很有兴趣。明天还有我舅舅、舅妈她们也会来我家聚会，正好介绍一下你……”

桑吉感觉自己脑袋越来越大，不知道自己在做些什么，突然她高声叫到：

“司机师傅啦，请停下！”

次旺师傅被吓坏了，来了个紧急刹车，桑吉和诺杰的身子不由往前倾，撞在了前面的椅背上。诺杰不解地望着桑吉，桑吉下车，从后车厢里取出行李。

诺杰也跟下了车。桑吉提着行李走到他跟前。

“诺杰，对不起。我觉得现在去你家太早了，况且我有事情需要好好想想。我明天给你电话，好吗？”

桑吉的表情既坚定又温婉。而此时诺杰摊开手臂，似乎不知怎么开口说话了。

“桑，桑吉，你到底怎么啦？”

“没事，真没事。”桑吉转身打了一辆的士，溜了。

桑吉找了一家宾馆住下，和父母报了平安之后，就把手机关了。她走进宾馆的洗漱间，洗了把脸，之后就望着镜中那个年轻俏丽的容颜发呆，她突然发现不止是诺杰的容颜变了，自己的脸也变了，原先的婴儿肥不见了，面部轮廓更立体深遂了，眼神有些哀怨。

桑吉“唉”了一声，觉得世事无常，人心难测，此刻最难猜的还是自己的心思。

洗完脸，桑吉涂上润肤霜和防晒霜，就独自来到外面的藏餐馆吃午餐。她点了一盘“咖喱饭”和一磅甜茶。香甜可口的茶水浸入味蕾后，她感觉心情好了很多。

下午三点，正是拉萨阳光最炙热的时候。有人这样形容拉萨阳光的威力，如果你从一个讲求效率的发达城市回到拉萨，你心里一定有一番规划，因为你知道在西藏你有许多的发展空间，可是在接下来的两到三天里，只要你到甜茶馆“泡泡”，享受个日光浴，瞬时什么理想啊、抱负啊统统就会滚一边去。在西藏的阳光下发呆，你一定会立马变成一个知足、放松的藏族人。这话有一定的道理，此刻桑吉就在拉萨一家名叫“卓吉茶馆”的甜茶馆喝茶，任阳光一泻千里，身上的每一个细胞都在一点点的松懈，桑吉觉得烦恼也暂时隐退了。

她一边品尝着甜茶，一边望着窗外的人群。在冲赛康附近，永远都是人来人往的景象：拉货的人、人力三轮、公交车、小商小贩和穿着冲锋衣的游客。在这条狭窄的街道，熙来攘往的人群过起马路来，会让牛逼的奥迪和宝马没有一点脾气，只得耐下性子走走停停，停停走走。路人中有人是忙着做生意，有人忙着去转经，大家躲躲闪闪的小步前进。走进冲赛康就进入了拉萨古城的核心地带——八廓街了。桑吉最喜欢的是这一带的建筑，很多都是藏式四合院。白色的墙面、朱红色的女儿墙、黑色的梯形小窗，古朴又浓重。可以说是古城拉萨民居建筑群落中最精华的一部分了。桑吉举起茶杯，望着窗外，发着呆。她想了江白那本小说的名字《一个人的小镇》。

在江白的世界里，笃守着自己的一个小镇，清冷而专注。此刻的江白一定是要筹备婚礼了吧？“绿子”的个性一定能将他拉入生活中，他将成为人夫、人父；他那双深邃的眼睛会在妻子和孩子之间流连，他会忘记她的。

桑吉心底感到一阵悲凉，她快速地喝了一口浓浓的甜茶，以便让自己面对现实。想起诺杰，桑吉为今天对诺杰的态度稍感抱歉，毕竟诺杰是满怀热情来迎接她，而桑吉今天的表现一定会让他困惑。其实桑吉自己也很困惑。在波密，她无数次的想起诺杰，想念校园，想念北京。而今天的会面让桑吉惊诧于自己的变化。明天该怎样面对诺杰呢？桑吉安慰自己，或许该慢慢来，她和诺杰认识五年了，而和江白只是一年多点时间。当意识到自己竟然在作此番对比时，桑吉内心瞬间又复杂起来了。她起身结账，快步走向宾馆，她决定蒙头大睡一觉，所有的事情明天再说。

# 海上钢琴师

桑吉一觉睡到了第二天上午九点半，她打开一旁的手机，看到了五个来电提醒，都是诺杰打来的。桑吉立即回拨了过去。

“昨天晚上怎么了？关机啦？”

“是的，我，我很早就睡了。有点累。”

“早点睡也好，养养神，昨天长途一定累着了。哦对了，中午一起吃饭吧。到你住的宾馆的顶楼，那家西餐不错。”

“你怎么知道我住哪里？”

“你昨天打车走了，我担心你，就让司机跟了你一阵。”

“诺杰，你怎么啦？至于吗？”

“好了，别说了哈，楼上一点钟见。”

桑吉撂下电话，躺在床上搓了搓头发，将头蒙在被子里好一会儿。诺杰从来都喜欢绑架桑吉，从广院吃水煮鱼开始，现在也是，但桑吉却感觉有些变了味。一定是我自己的问题，我得“纠正”自己，桑吉就这样一再告诉、提醒自己，并“噌”一下从床上跳起。打开窗户，金灿灿的阳光、外面商贩的叫卖声、转经的人潮发出的诵经声，顷刻间都涌入了屋内。

楼上的西餐厅里，诺杰已经西装革履的候着，旁边还有一位阿佳[1]，二十八九岁的样子，浓眉大眼、身材高大，留着一根长至腰间的麻花辫子。桑吉忽然想起小时候印度片子里的女主角。

诺杰起身迎接桑吉。他拉着桑吉的手，来到那位阿佳跟前，介绍道：“我表姐德吉，刚从韩国回来，给你们一起洗尘啊！”

“真的是好看，怪不得我们诺杰啦魂不守舍呢！”

表姐很大方，微笑着示意桑吉坐下。诺杰则因为表姐的这番话有些羞涩。

“我去趟洗手间，你们点餐啊。这里的牛排很好，披萨也不错，是有奶渣和人参果味儿的，很有西藏特色。你们随

[1] 指“姐姐”。

便点。”

诺杰微笑着走出卡座，在经过桑吉身边时，顺便用手轻轻地触了一下桑吉的肩膀，桑吉有些不好意思地望了望他的表姐，表姐则抿嘴要笑的样子。诺杰一走，表姐就开始和桑吉闲聊。

“桑吉啦，诺杰很喜欢你。我们姐弟俩从小感情不错，他遇到不开心的事情就会问阿佳。你和他的事情我都听他说了。他家境很好，父母从商，经营珠宝生意，现在也做房地产。他是家中独苗，父母希望他子承父业。喜欢他的女孩太多了，但他很有眼光的。”

“阿佳，您夸奖了。”

“我知道你现在的状态，女孩子刚恋爱时，都不喜欢一锤定音。但是好男人并不多，桑吉。唉！”

桑吉开始认真打量起表姐，感觉她是刚刚经历完一场情感风波。

诺杰回来了，表姐也停止了这个话题。待他们一起吃完了正餐，诺杰开始为两位女士点咖啡。诺杰喜欢美式咖啡，桑吉和表姐则要了原味拿铁。

两个小时后，诺杰一口喝完了剩下的美式咖啡。

“桑吉，我要上班，今天有重要的事情要办。你就陪阿佳聊会，喝喝咖啡，好吗？”

“我休假，有空的很。”桑吉微笑着回答。

桑吉喜欢这位表姐德吉，感觉认识了很久似的，她愿意和她继续聊天。听到桑吉的回答，诺杰充满柔情地望着桑吉，脸上满是幸福感。

“晚餐我们还一起，好吗？”诺杰问桑吉。

桑吉回望诺杰，内心突然感到一股温存，她温柔地回答：“嗯，好。”

诺杰上班之后，表姐德吉和桑吉两人就开始了两个女人之间的闲聊。

“桑吉啦，第一次见你，感觉很投缘……正好最近我心情不好。这一年我遇到了我人生的低谷期。不想和任何人说，我妈都说我正常的很反常。可是遇见你，就想告诉你。”

“阿佳，你说来听听，说出来会好受很多。”

原来表姐刚刚经历了离婚的风波。表姐德吉的丈夫叫达杰。由于在工作上表现优秀，几年前被单位送到韩国某大学攻读研究生专业。表姐是在拉萨辞去了公务员的工作，跟随丈夫来到韩国留学的，自己也在那里完成了专升本的学历。那时他们已经拥有一个活泼可爱的儿子，但他们还很年轻，想再学习深造，回来后再干一翻事业，可是世事难料，毕业回国后，达杰啦却毅然离去，为了一个他更爱的女人。原来比德吉啦提前一年回到拉萨的达杰啦认识了一个年长、富有魅力、经济条件也不错的中年女子，从此对她欲罢不能，直至让德吉啦在一周之内与他办理离婚手续。达杰啦这样告诉德吉啦，我们不合适，是因为你没有主见。

表姐说着，呡了口咖啡，眼睛望着窗外。

“没有主见！恋爱时他却说喜欢我的善解人意。A coin has two sides.”

桑吉发现西餐厅开始播放音乐了，咖啡在努力给人提神，而音乐却在不断松弛绷紧的神经。这一曲正是《what a wonderful world》。

生活如此美好，在Louis Armstrong 低沉浑厚的音质下隐藏着如此细腻的情感，这样的感情让人更为感动，一个男人的细腻，该是处于对对方深深的怜惜啊。可能是身为女性，更能体会到这份温暖和感动。桑吉曾在西藏民歌《阿若康巴》里也听出过这份细腻，只不过是这位流浪天涯的康巴汉子对于神山、圣湖的崇敬之情。达杰啦在热恋表姐德吉啦的时候一定也是这样的细腻和充满怜爱吧，可如今却与另一个女人相拥。

德吉啦说“随便”“可以”是她的口头禅。难道这样的性格终让达杰啦离她而去？当一个人爱上另一个人时，往往分不清东南西北，更讲不清原因，可当要分手时，原因却很明确。

“桑吉，所以说感情是个什么东西，我也不知道。诺杰让我和你聊，帮他把把你的心，可是，呵呵，你说谁能把握谁啊？”

桑吉低下头。

“我认识一个人，他大概有阿佳你说的这种，把握自己的能力。在这个花花世界中，他很不同。”

“是啊，认识这样的人很幸运……”表姐若有所思的说。

“拉萨的变化还真大，高楼林立，汽车长龙，西郊的特色酒吧也比以前多了。前天晚上我见到了三年未见的一个朋友，她叫拉姆，她变得更漂亮了，过去扎成马尾的长发已经被烫卷了，浪漫的波西米亚风情，又长又卷的睫毛下是一双深邃的眼睛。儿时的黄毛丫头已经是妙龄少妇了。她对我们讲述着三年的故事：结婚、生孩子、离婚。拉姆说人这辈子就是猫的哈欠，那么短暂，一定要懂得享受快乐！不合就散，否则是浪费彼此的生命啊。那天晚上拉姆还约了一个中年男子来。从衣着上看，他是颇有讲究的，一副有钱人的派头。这男人一来，拉姆顷刻间就醉了，她半躺在他怀里撒娇着，看得我一脸茫然。待这位中年男子上洗手间的功夫，我问拉姆这男人有老婆吗？拉姆坦率地说有，而且有俩个孩子。”表姐苦笑了：“他老婆多可怜、多可怜啊！”表姐重复着，这撩起了她最深的痛。

“可是你知道拉姆怎么回答的吗？‘爱情，我们之间有爱情，德吉，你从国外回来怎么还这样看不透呢，他早不爱他老婆了，他现在爱的是我。我不在乎他是否能离婚，也不图他的钱财，我只想有人疼着。”表姐呷了口咖啡，望着杯中的咖啡继续说：“她还说，现在拉萨这样的人太多了。我想……”表姐再次苦笑了一下，耸了耸肩：“拉萨，大概是疯了。”

桑吉举起杯子，默默地喝了口咖啡，舌尖瞬间满是拿铁微苦中的涩香味儿。

“阿佳，你气质很好，刚才我一进来就感觉到了。一定有和你志趣相投的男人在哪里等待着你。真的，我相信在这个世界上有些蒙着灰的真善美。只是需要你坚定的相信它的存在，并谦卑的低头亲吻它，它就会苏醒。”

表姐德吉歪着脑袋，笑着打量桑吉：“写诗呢？酸。但是我喜欢。走，坐久了会长胖，就找不到真善美了哈哈！我们转八廓街去。”

今天是藏历十五，虽为下午，但转八廓街的人依然不少。盛夏的阳光在此时强烈到可以穿透万物，它肆无忌惮的到达地面之后又折射进人的眼睛里，桑吉不得不眯着眼。烈日下，很多人都戴着墨镜甚至口罩；这时就连吹来的微风都是温热的。桑吉将运动外套的拉链打开，露出在学校就买的白色T恤衫，下身是贴身牛仔裤和板鞋。表姐德吉则打着伞，为二人共同撑着，将脱下的黑色开衫毛衣搭在另一只手臂上。

八廓街的小隔窗都开着，窗台上摆着各色盛开的海棠花和卓玛花。路旁的凉粉店生意很好，老板娘熟练地刮着凉粉丝，一股炸土豆的香气。玛吉阿米藏餐顶楼，游客们用手机、相机不停的拍摄，街道拐角处桑烟缭绕……

德吉啦在一家帽店里买了两顶宽边太阳帽，一顶自己戴上，一顶戴到了桑吉头上。

“噢，谢谢你了阿佳。”桑吉礼貌地说。

“客气，现在快六点了。估计诺杰会着急的，他会提前下班跑来见你。桑吉，你是我见到的少有的素净和有思想的女孩子，我尊重你所有的选择。但是希望你答应我一件事。”

“什么事情?

桑吉那双大眼睛从帽沿底下抬起，清澈而认真地望着德吉表姐。

“不要伤害诺杰，他去年很不容易的。也不要伤害你自己，既然人世间什么都不是定数，我们就更加要问自己要什么。”

桑吉看着表姐德吉，突然觉得自己眼眶湿润。

“我答应你。”

“咦，他来了。诺杰，在这里！他刚才一直就在发短信问我们在干什么，没好好上班！”表姐朝正走来的诺杰招手示意。待诺杰走近后，表姐表示要回去了。

“阳光很强烈，不需要我这个灯泡了。我回去了！”

“和我们一块儿吃饭吧！阿佳。”诺杰挽留。表姐却连忙摇头。

“你们就好好聊聊啊，我呢现在一无所有，要回去赶紧看报上网，找工作呵呵，Fighting!”

表姐笑着走开了，剩下桑吉和诺杰。他们的影子在下午阳光的照射下被拉得细长，诺杰很高，桑吉娇小。

“吃什么？”诺杰转身问桑吉。

“随便。”这两个字一出口，立马让桑吉想起了表姐德吉离婚的原因。

“要不要回我家吃？”诺杰试探着问。

桑吉嘟着嘴，摇头：“没有什么胃口，天气太热了。”

“我有办法了。我在单位要了一套周转房，平时很少去那里，我们呢可以在那里看片子。我北京的片子还有后来在拉萨也买了很多，都放在那里了。”

“好主意。好久没有看片子啦！”桑吉两眼放光。

原来诺杰毕业之后就被分配到了区财政厅，并且分到了一个七十多平米的周转房。从外面看这楼有些破旧，但是在诺杰屋里，桑吉却能感受到他一直未变的文艺情怀。作为客厅隔柜的实木书架上，摆满了各类电影和纪录片VCD。书架最顶层摆放着许多形状各异、色彩缤纷的进口空酒瓶。在客厅的墙壁上挂着一块长方形黑色氆氇，上面挂满了照片，有诺杰小时候的照片，还有他父母的合照…… 还有一张是在北京地铁边上为桑吉照的。照片里的桑吉穿着白色的v领短袖体恤、橄榄色长裙、白色的平底凉鞋，头发卷曲的披着，嘴角小幅度的上弯，眼神温柔但似乎蒙着一层沙。桑吉望着自己的照片，努力回想这张照片是在什么样的心境下拍下的。

想起来了，是在毕业前夕照的，那时的桑吉还在为将来和诺杰各自天涯而伤神。桑吉从来不说自己的忧虑，诺杰也从来不问。他们那时就像有恋爱契约。

“不记得吗？桑吉，我那时在完成一组作业，请你当我的模特呢。”

“记得。”桑吉低头微笑。

诺杰温情地望着桑吉，也回以微笑。

“如果一毕业就抓住你，那就对了。嗯，看电影吧？想看什么？什么都有。”

“嗯嗯，海上钢琴师，你这里还有吗？”

“有，当然。关于钢琴的电影都有，什么《钢琴家》、

《钢琴课》、《钢琴教师》都有。”

诺杰家的电视有55寸，在这个小房屋关灯看电影，还真有在影院观影的感觉。影片开始前，桑吉望了一眼诺杰黑暗中的脸，突然想起了那个点着蜡烛的夜晚，火苗闪动，对面坐着的那个安静大男孩的脸。桑吉迅速摇了摇自己的脑袋，出乎意料的将头轻轻靠在了诺杰肩膀上。诺杰受宠若惊，躺在沙发里，许久未动。

桑吉喜欢这部电影。在学校电影赏析课程上老师就给大家放映过这部电影。当时很多同学对男主人公的做法表示不解，有人说他胆小、对外界事物充满恐惧，但桑吉打心底里理解并佩服这个永远生活在船上不肯上岸的男人。

桑吉记得主人公1900说过：“钢琴有88个键，我能了如指掌，可是城市太大了……对我来说，陆地是艘太大的船，是位太美的美女，是条太长的航程，是瓶太香的香水，是篇无法弹奏的乐章。”

大自然中有很多动物和植物，他们很少会处心积虑想要离开属于自己的那片寸土，只会有人带着好奇心、战略心去不断找寻新的领地，待人生的转盘转到将要万物皈依时，才发现最留恋的还是那块寸土。就像在大昭寺前顺时针走动的人群中，有多少人是在向佛祖乞求难填的欲壑，一颗佛心，近在咫尺，又远在天涯；千万人的重蹈覆辙，宿命般的追逐和彻悟。

影片中的男主人公“1900”生在船上，在海浪中他幻想、憧憬、惹祸并且和钢琴结下了不解之缘……船上激昂的钢琴声再次想起，1900望着玻璃窗外的少女，钢琴声变得柔和、温存甚至有点停滞。这是桑吉熟悉的钢琴曲《Playing love》。桑吉的内心再次被1900清澈的眼神和钢琴声触动，她的身体轻轻颤栗了一下，诺杰握住她的手，眼睛仍然盯着屏幕。

“有一件事情，我必须告诉你。”

“什么？”

“刚毕业那会儿，我和一个女孩住在一起，在我们家。”

俩人沉默了，几分钟后诺杰继续这个话题。

“你知道，我们家是做生意的。父亲一直希望我能子成父业。为了让生意扩大，他在我毕业前夕就给我找好了妻子，她是尼泊尔后裔，家族生意做的很大。那时我很困惑，但是……同意了。”

“为什么？”桑吉缓缓地问。

“因为我想，一切皆有可能。”

桑吉转身看诺杰：“一切皆有可能，这好像是句广告词。你说的是事业还是……爱情？”

“都是……”诺杰声音很低沉。

桑吉闭上了眼睛，之后转过脸继续看电影。

影片中的1900小心翼翼地走下台阶，他每一步都走得如此慎重和不安。

“我们同居了半年，她很温柔，很善良。父亲准备让我们尽快结婚。可是我心里……我一直一拖再拖。直到有一天，我确定了自己的心。那就是我在电话听筒里听到你的声音。桑吉我爱你，不想再次失去你。”

桑吉低头不语。

“原谅我好吗？我和父母说起了你，而且这半年里一直没有和他们介绍的那些女孩来往。桑吉，我心里只想着你。你把基层工作辞了，我给你开一家店子，随便什么店子或者让我父亲出资办一个影视公司之类的，反正他是生意人，只要有市场，合伙人可靠，都会去尝试的。或者你就在家，美美的当个家庭主妇，好吗？桑吉，来拉萨，来拉萨嫁给我。”

桑吉盯着电视屏幕，大概有五分钟她没有说一句话。之后桑吉傻傻的笑了，她望着1900那张纯真而执拗的面孔，轻叹了一口气。

“诺杰，我也要告诉你一件事情。”

1900回到了船上，他选择永远飘泊在动荡的海上，和着钢琴声，他从此注定孤独。他的好友最后在即将要爆破的船上找寻他，可他却依然不愿意走出船门。活着那么容易，至少在世俗人的眼里，只需踏出一步；可是1900却说自己能在88个键盘上弹奏美妙的音符，却难以在无数的键盘上弹奏。城市那么大，没有尽头，最可怕的是没有尽头，最可怕的是未知。

“他叫什么？江白？”诺杰安静地说。

“嗯。”桑吉低头说。

“他真幸运，捡了大便宜。”诺杰将身边一杯啤酒一饮而尽。桑吉呆呆看着电视屏幕，影片结束了，影片结尾字幕上的演职员表开始滚动。

“可他要结婚了。”

诺杰也死死盯着屏幕，“桑吉，可以重新爱我吗？”

诺杰语气很生硬。桑吉不语，她不知道自己该说什么。诺杰转过身，用异样的眼光看着桑吉。桑吉从来没有见过诺杰这样的神情。忧伤、沮丧甚至有一点颓废。

“桑吉，你来之前，我很迷茫。以为你来了，就好了。”

桑吉苦笑了一下，她想到自己之前也是抱着同样的希望，可是见面后她反而愈发肯定自己内心的真正归属。见桑吉不语，诺杰脸上的表情更为不安，他突然抓住桑吉的肩膀，“桑吉，桑吉，或者如果你不能和他继续，请选择我好吗？”

“诺杰，我开始明白了……爱情不是非此即彼，在我眼里很多事情都不是非此即彼。”桑吉艰难的说出这句话。

诺杰低着头，将胳膊肘支在双腿上，捂着脸。几秒钟后，他一把抓住啤酒杯，将杯里的啤酒喝了个底朝天。之后诺杰几乎是将三瓶百威“咕咕”直接灌进了体内。

诺杰眼睛里有了血丝，他定定盯着桑吉。

“如果，如果一毕业就要了你，多好，可现在就一年时间，呵呵，却已经是物是人非。我知道你温柔、顺从，却从来都有一颗自由倔强的心！桑吉现在你会说：可爱情没有如果，对吧？！呵呵，够绝！”

见诺杰准备又一次打开一罐啤酒，桑吉抓住诺杰的手。

“别喝了，诺杰，我曾经爱过你，很爱。我喜欢和你在北京的那段时光，喜欢你独特的思想，可是……我不想骗你。现在我知道自己对你的感情不是那么纯洁，我有躲避的成分，逃避他和别人在一起的事实，而且，我甚至有，有想要离开波密，调到拉萨的因素。我不能对你这样功利。我，我终于明白了。诺杰，你知道当时我的心吗？我毕业于这么好的学校，不应该就在那里过一辈子。我就是这么想的。”

诺杰抬头看着桑吉开始傻笑，之后就像表演变脸戏法似的，突然变得一脸严肃。

“宝贝，我愿意。我什么都愿意。无所谓功利。什么都有可能。”

桑吉茫然地摇头，“不是，诺杰。谢谢你的坦诚，你告诉我那个女孩的事情。我必须同样坦诚。请相信我今天比前两天更忠诚于你。”

诺杰见桑吉主意已定，就开始闷头喝酒。整晚他都默默地喝酒，几乎视桑吉为不存在。桑吉期间也拉住诺杰的手，想让他少喝点，可是诺杰却甩开了她的手。

“你要永远留在那里吗？你要当海上钢琴师啊？哈哈哈……”诺杰狂笑不止。

桑吉再也没有阻止诺杰了，她就这样在一旁静静的守着，她觉得自己不能就这么离开，因为自己伤害了诺杰；但她也不再想阻止，因为此时桑吉自己都想痛快的喝上几杯。

最后桑吉将醉酒的诺杰“拖”上了床，并在他桌边放上一杯水，自己就蜷缩在了沙发上，盖上毛毯，时间已经是凌晨两点。

上午八点，桑吉醒了，走进卧室见诺杰还在酣睡，昨晚痛苦扭曲的脸已经彻底舒展开来，浓眉、挺鼻，诺杰的样子真的很好看，一年前桑吉对这张脸是多么迷恋啊，如今自己却已然能如此平静地看着这张脸。桑吉多么希望自己仍爱着这个人，这样事情就会变得简单。可是命运似乎开了个玩笑，当桑吉对诺杰满怀期待时，诺杰选择了家人给他铺好的路；当诺杰回心转意时，桑吉却已经不在原地等他了。

虽然内心仍然有些拧巴，但经过昨晚后，桑吉感觉轻松了很多，她走到小客厅，打开了窗户，拉萨的阳光暖暖地照射进来，她整理了沙发，还扫了地，走到厨房打了瓶酥油茶。当再次回到诺杰的卧室时，他已起身坐在了床边。阳光照在诺杰微躬着的后背上，他低着头，双手搓揉着头发。见桑吉站在门边，温柔凝望着他时，他也温柔地笑了，那笑容让人觉得似乎没有经历昨晚的风暴。

“你还在？我以为把你吓跑了！”

桑吉摇头，走进来，蹲下，双手放在诺杰手上。

“诺杰，即便不能成为我的男友或丈夫，你仍然是我最亲的人，最好的朋友。”

“朋友？呵呵，可能还有机会。”诺杰故意歪嘴坏坏的一笑。桑吉瞥了他一眼。

“起来刷牙，喝酥油茶、吃糌粑。吃完我要走了。明天想回老家。”

“带上我！”

“凭什么？”

桑吉皱眉歪着头表示不解。“凭我是个正在度假的人。”

“昨天下午就已经打了休假申请，并且获得了批准！”诺杰说。

“为什么休假？”

“我早打算好了。你一来拉萨我就休假。本想一起商量你调动的事情，现在让我好好陪你度过这段时光，就像在北京。好吗？”

桑吉突然心生感动，温顺地应声：“嗯。”

# 热振

如果把岁月比喻成一条河流，那么逆流而上所到达的源头，必然是悠哉游哉的童年。自儿时起，桑吉的记忆中就有一条江河，那就是热振藏布。热振藏布是拉萨河流经拉萨第一个乡镇时的名字，她是拉萨河的上游。这条藏布[1]总是浪涛滚滚、气势磅礴。孩提时，老人们总是吓唬那些喜欢到水边嬉戏的孩子，说河岸边有一种精灵，它喜欢和孩子做游戏，常将孩子引到江水深处，或者拉住岸边孩子的腿往江水里拽。这种说法对孩子而言通常是比较有说服力的，至少在桑吉童年时，就不曾走到热振藏布边玩耍。

这会儿，诺杰的奥迪正从江边驶过。记忆中，桑吉还有被大人放在马背上经过江边的印象，那时她总是幻想要是马失蹄或者发起野来往江水里跑去，那该是多么恐怖的事情。儿时的恐惧使桑吉不禁下意识地望了望身边正开车的诺杰，此时诺杰给了她很多安全感。

[1] 藏语中意为江河。

“诺杰，谢谢你陪我回老家。”

“很荣幸，不过我很想知道，为什么早在学校的时候起，你就想象着这一天，想回热振呢？”

“嗯……我自己也不太清楚，可能是童年美好的回忆至今吸引着我，或者是每个人在成年后都有认祖的本能。这两年我想主要是因为自己想弄明白一些事情。小学、中学、大学、工作，我们好像疲于奔命似的，现在终于有了自己是自己的感觉。任何时候在心烦意乱时，最想做的事情就是回热振……说得很乱，反正谢谢你。”

“很弗洛伊德。”

“嗯？”

“没什么，呵呵，我早听说过有名的热振寺。今天能带着相机来采风，全仰仗您了。还谢什么？”

桑吉望着诺杰微笑的侧脸，内心不由的一阵感动。诺杰有什么不好呢？无论从人品、相貌还是世俗最看重的物质条件来说，都是上佳的。为什么桑吉现在仍然喜爱他，但再也没有那种娟娟柔情呢？从这个角度看，她对江白的情感又是怎样的呢？难道真的坚不可摧吗？桑吉望着道路一旁奔腾的热振藏布，突然觉得人的心绪就像河流，有时惊涛拍岸、有时平流和缓，可不管是什么，过去的就永远过去了。有谁会永远留在某一个时间点呢？《麦田里的守望者》、《挪威的森林》、《了不起的盖茨比》，主角都是如出一辙地停留在那个时间的夹缝里走不动，可是他们真的能永久停留吗？能让时间停留的只有死亡，或者连死亡也无能为力。只要你存在着，无论是以何种方式存在着，生命或者尘埃，都要“永劫不复”的从一个“宿命”走向另一个“宿命”，用时光刻画着轮回的“圈”，难怪有人说，在人濒临死亡的瞬间，都能看见一束奇特的光。桑吉甚至想起了印象派画家莫奈在妻子临死前为她作画，想要留住“光”的故事，多么悲情的故事。

桑吉顷刻间似乎读懂了自己，为什么在下雨天，当伙伴们匆匆赶回家，自己却躲在柴火房里抱着洋娃娃屏息凝神地感受“存在”的绝妙体验。有的时候感受存在的方式不是按下播放键，而是暂停键。

桑吉还想起了已经去世多年、儿时照料她的姥姥。姥姥在桑吉的时光序列里，永远“暂停”在了五十多岁的模样。由于热振在地理位置上靠近羌塘草原，因此在衣着、语言和习俗上更接近“霍尔[1]”。奶奶的相貌至今都能从她的脑海

[1] 通指藏北一代的牧民。

里清晰地勾勒出来：脸型瘦长、皮肤黝黑，鼻子高挺，脸颊处的高原红，眼角边满是细纹；数不清的小麻花辫，头顶上的玻西[1]，藏袍，手腕上的海螺镯。桑吉的姥姥曾帮着子女们带过好几个孙辈，桑吉只是其中一个。不过对于桑吉来说，对一个出生八个月到五岁间都没有见过亲生父母的孩子来说，姥姥就是自己的第一个母亲，就是第一个给她宠爱的人。

如今的姥姥和很多长辈们，已经像这条仓促行进的江水一样，一去不返。

桑吉记得姥姥和人见面或者分开时都会诚挚的亲吻对方的脸颊，抬起下巴，眯着眼睛，噘起嘴唇道“次仁[2]！”或“尼吉！[3]”她还想起了小时候家里大人采摘到新鲜的黄蘑菇后，姥姥总是紧着给桑吉吃。姥姥会将黄蘑菇洗净、涂上盐，在炉子上烤着，直到蘑菇的菌褶里“嗞嗞”地渗出汤汁，香气满屋后，就从灶上将热腾腾的黄蘑菇拿给桑吉吃，那样的蘑菇接手时很烫手，不小心汤汁还会流到手上，还得急忙舔手心。还有，那时桑吉在睡觉之前是要饮完一大杯牦

[1] 藏语中意为蜜蜡。

[2] 藏语中意为祝福长寿。

[3] 藏语中意为晚安。

牛奶的，待她一口饮尽之后，姥姥就会满足地脱去藏袍，露出用长棉布包裹的下身，那时那里的女性没有内裤一说，都把这藏袍下的层层包裹作为内衣和睡衣，姥姥就穿着这一身抱着桑吉入眠。

桑吉还记得姥姥送走桑吉的那天，村里来了一辆东风车，所有行李和人都在车上等待，桑吉却迟迟不肯上车，直到奶奶说自己也会上车后，她才勉强和“新”妈妈上了车。之后当东风车启动，桑吉找不到姥姥时，她开始大声啼哭，并用力推开母亲。母亲哭了，全车人也为这一场孩子不认亲妈的事给哭红了眼。

之后就是来到拉萨城后的记忆。桑吉曾坐在高高的寄宿人家的藏家门槛上，托着两腮，望着拉萨城边的连绵山脉，寻思着哪座山的方向才是通往热振的。她还清楚地记得他们是深夜到达了林芝毛纺厂。一排排平房、高高的路灯和灯下玩耍的孩子，当然记忆最深刻的还是隔壁的上海阿姨家，神奇的小匣子里正在播放着电视连续剧《射雕英雄传》。

“热振，我回来了。”桑吉在心底呼喊，不曾想这一别就是二十多年。

“桑吉，手机有信号吗？”诺杰问。

“我看看啊！”桑吉拿出手机。这才看到自己有未接电话和未读短信，打开一看都是来自其美的。短信里写着：“怎么一个电话都没有啊，去了拉萨忘了波密吗？哈哈。旺杰和那个村长女儿要结婚了；江白女朋友走了，像是逃婚了。你呢？那个诺杰怎么样啊？”

桑吉看到短信正发着呆，诺杰又问：“怎么，有信号吗？”

桑吉抬起头望着诺杰：“哦，有，有的。”

“怎么啦？他和你联系了吗？”

“没有。是其美的，是我在波密的好朋友。”

“噢，好的，那么我们先去热振寺还是你姨妈家？”

桑吉想了想，说“姨妈家吧，明天去热振寺。”

桑吉的姨妈阿德，家住在唐古乡曲果多村，这个小村子里住着17户人家。当年桑吉的舅舅和母亲都走出大山，另立门户，而姨妈阿德则守着本家，过着半农半牧的生活。因此这里也是桑吉度过幼年时期的地方。和桑吉记忆中的一样，村里那条小河还在，还是从姨妈家旁边潺潺流过，姨妈也还是背着水桶从这里背水回家。

当桑吉和诺杰到来时，姨妈很高兴，同时也意味深长地望着诺杰，并把他们安排在了最里面的客房里，桑吉则执意要和姨妈住一屋。

姨妈的两个孩子都在林周县工作，剩下俩夫妇在老家。由于这里农事繁忙，老两口在家的时间不多，因此桑吉和诺杰也就很自主的做饭、打扫。诺杰表现得很卖力，刚来就开始劈柴、喂牲畜。

“很好吧，那个哥哥？”晚上躺下后，姨妈悄悄地对桑吉说。

“谁的哥哥？”桑吉想起这里叫男孩都叫“哥哥”。

“父母都见了吗？”姨妈问。

“只是朋友，姨妈。他想在这里照相，就一起来了。”桑吉说。

“什么？我告诉你啊，哥哥肯定喜欢你，看得出来。”

“姨妈，我喜欢的人……在波密。”桑吉扭捏地说。

“啊？你这样可不好，你带这个哥哥来，又说喜欢另一个哥哥。”姨妈语重心长地说。

“啊呀，姨妈你就别管了啊。”

“真搞不懂你们这些城里的孩子，唉。”姨妈转过身睡觉了。

桑吉翻来覆去睡不着，一看时间也就十点，于是披上外套悄悄来到院子里。月亮很大很圆很亮，从院子里望去，感觉这个月亮就属于这个房子一般。周围的山很高很柔很黑，站在院子里，就像几个巨人一直俯视着自己。桑吉想起小时候姥姥带自己出去小便的时候，她每次都不敢抬头看这些大山。这些大山仿佛在审视着众生。每晚在小桑吉尿尿的时候，似乎就在逼问桑吉白天干了些什么调皮捣蛋的事情。如今山还是那些山，可是心境却大不相同了。桑吉想起了松宗的盔甲山顶是尖尖地耸立着，而这里的山属唐古拉山系，因此山脉的曲线是柔柔地蜿蜒着，借着月光看，还真像女人的酮体。

桑吉拿出手机，拨通了其美的电话。

“啊，你还活着呢？！”其美故作惊讶。

桑吉呵呵笑了：“嗯，我在热振。回老家了。”

“看到信息没有？旺杰怕是要永远留在波密了，当人家女婿嘛，玩过火了。半推半就的要结婚了。”

“嗯，可能是缘份吧。”桑吉说。

“缘份？那个江白和他未婚妻怕是没有缘份，女的跑了，还听说是和前男友呢，有人在昌都看到了他们。这女的真是作贱。”

“江，江白呢？”桑吉音量突然变小了。

“我求你啦，你还在打什么主意啊。诺杰不是和你一起的吗？怎么？他变心了？”

“没有，比以前更好的待我。”

“那你还求什么呢？见好就收。和他好好商量调动工作的事情，现在调动很难噢。”

“可是，其美，江白现在心情一定很差……”

“管他呢，他是极品嘛。”

“……”

“好了好了。说说你到底喜欢那个极品什么？”

“嗯，怎么说呢？呵呵，我接触过很多人，很多好人，很多善谈的、礼貌的、优秀的，有钱的，可是没有见过他那样的男人。尽管很多人不理解他，但是我觉得他是一个……怎么说呢？像赤辛梅朵那样的人。”

“唔？！”那边的其美笑开了：“晕了，你居然把男人比喻成花朵。”

“真的。”桑吉认真的回答。

“算了算了，不再说你了。你千万别把这些说给诺杰听。”

“可是，我，几乎已经说了。”

“什么？那他还陪你去老家？”

“嗯，是的，他是我最亲的朋友。”

“噢，依我看，这诺杰是另一个极品……”电话那头是其美喘着粗气的笑声。几秒后，其美清了清嗓子，认真地说：“桑吉，你可是外表温柔，内心固执的要命。你自己看吧。对了，等你回来后我再告诉你我的事情啊。拜拜，亲爱的！”

“嘟…嘟…嘟…”

其美快乐地挂了电话。桑吉有时还真希望自己有其美那么率性，而自己呢，有时候小心思重的连自己都揣摩不清。这不，刚才听到江白的事情，桑吉内心就开始翻江倒海了。

桑吉在手机通讯录里找到了江白的号码，犹豫了片刻，还是拨了过去。

“喂，桑吉？在哪里啊？”电话那端的江白像什么事都没有发生。

“在热振。你，你好吗？”

“你听说了？”

“嗯。”

“想说我没有听你的话就倒霉了吗？”

“不。”

“可是他们都那样说。你说的对，要想去救赎某人，本身就是把自己放在了神的位置，自以为是。”

“她走了也好，免得你们婚后不幸，尽管我这么说也有点自以为是。”

江白不语，桑吉也沉默了。月光下，万籁俱寂，桑吉想起了松宗那个点着红蜡烛的夜晚。

“我去看望俄罗大叔了，怕孙女的再次逃离会给他老人家带来烦恼，不过老人家还好，他还和我说在白珍出生的时候，他媳妇，也就是白珍的妈妈就去世了，之后她父亲就一直酗酒，不到两年也死了。只剩下老头和小白珍。俄罗一直觉得所有的不幸来源于白珍，因此他从来不关心那丫头，还时常拳脚相加。白珍慢慢的就喜欢和那些混混在一起。现在老头子很懊悔，如果他能在她小时候给他更多的关爱，白珍就可能会变得更好一些。”江白说。

“嗯，听你这么说，白珍也不容易。那她走之前，没有告诉你或者对你暗示什么？”

“嗯，似乎有的。可是我太粗心，当时没有明白她那时的心境。在她走的前一天，她抓着我的手，语重心长地说了一番话，她很少这样的。”

“说了什么？”

“说……江白你人好到有点傻逼。每个人说话都是以我字开头，而你却在放下自己。我听过村里很多人念经、祈祷，但他们并不厚道。在有人病重时，他们呢说他平时这么好啊，怎么会生这种病？当有人长寿时，他们却说，只有坏人命长。可江白你……我太敬仰你了，敬仰到只想霸占你，但爱不起来。”

桑吉静静地听着，感觉自己和“绿子”从未有过的亲近。

“桑吉，白珍肯定是爱那个人才逃婚的。所以，我希望她幸福。她在别人眼里是个坏姑娘，我却觉得她很纯真。你别笑话我。”

“江白，我想你是对的。”桑吉望了望满月，长舒了一口气。

“还有，桑吉，前两天我下村时看到赤辛梅朵了呢，绝对就是你说的那种花。很香，而且我还知道了赤辛梅朵的汉语名字。”

“叫什么？”

“报春花？”

“这么俗的名字？”

“恐怕是的，黄色的是钟花报春，紫红色的是偏花报春。总之，都是报春花。”

“哦，报春花，好吧。”

“还有一个难过的消息。”

“什么事情？”

“三个石头，他死了，尸体漂在了江边。”

“为什么？发生了什么事情吗？”桑吉发出浓重的鼻音。

“没有人知道。只是听三个石头的母亲说，那天下午他比平日要正常，穿戴整齐，还说他想弹吉他。”

# 报春花

次日清晨，桑吉和诺杰驱车来到热振寺脚下。姨妈家和热振寺很近，只需十分钟左右的车程。

热振寺傍山而建，掩映在一片绿林中，像是被珍藏起来了。寺院距今也已经有九百多年的历史，比拉萨三大寺早建了350年。这里古柏苍翠、群鸟飞鸣、泉水淙淙。相传在古代，松赞干布巡视此地时，将自己刚洗过的青丝扔向此山，祈祷这里柏树满山，后来此山就呈现出了和周围山脉完全不同的面貌：周围的山光秃无树木，这里却是郁郁葱葱，充满生机。

除了古老之外，热振寺之所以远近闻名，是因为有它特殊的历史意义。首先热振寺是印度高僧阿底峡的弟子仲敦巴于1056年建立的第一个噶当派寺庙，噶当派意味“教戒派”，这一派传至15世纪格鲁派宗祖进行佛教革新之时，该宗格鲁派，后称旧格鲁派。热振就是“根除一切烦恼、持续到超脱轮回三界为主”的意思。热振寺闻名的另一个原因还因热振寺的五世活佛——图旦绛白益西丹巴坚赞。十三世达赖喇嘛去世后，热振五世活佛曾被委任为当时噶厦政府的“摄政王”。热振五世活佛生前是一位爱国、爱教的宗教领袖，因政治纠纷被临时摄政、背信弃义的达扎活佛囚禁于当时布达拉宫内一个狭小、黑暗的牢房“夏钦角”内，后发病不幸圆寂于牢中。据说五世活佛被审讯时，仍坦坦荡荡地说出了“尽管达扎不遵守诺言，但我从未有图谋加害于他”的话来。

桑吉觉得热振五世活佛很悲壮。小时候和很多女生一样，桑吉并不喜欢历史，可是随着年岁的增长，出于对文学艺术的喜爱使她对历史愈发感兴趣。历史与文学艺术，貌似八丈远，实则紧密相连。比如说中世纪的神学统治和哥特式艺术，西欧君主国家君权和巴罗克艺术，法国大革命和文艺复兴等等。艺术于历史就像某人发生什么事情之后的一声叹息或呻吟，这一切都是以那件事为中心的，而那件事就是历史。知道历史，有助于理解围绕其发生的各种表象。

“咔嚓！咔嚓！”

桑吉的思绪被相机快门声打断了。她观察起第一次来热振的诺杰。诺杰今天是一身黑色的冲锋衣，脚下一双灰色的登山鞋。下车后的诺杰兴奋得立即拿起相机，将古寺和林间的景色尽收于尼康牌单反相机中。任何时候，只要诺杰拿起相机，他就有种专注凝神的魅力。构图、光线、角度，此刻他的脑神经一定就像工厂里的齿轮，缜密的旋转、咬合着，他是爱极了摄影的。他曾告诉她，他的梦想是当一名摄影师，像《廊桥遗梦》中的男主角一样走南闯北，为一座古老破旧的桥精心拍照、留念。梦想是摄影家，可现实却是家里的生意经。桑吉不知道在向现实妥协、低头时，诺杰是否迷茫过。一定有的，白驹过隙般的迷茫过。诺杰曾说要暂时放下这有些不够“务实”的爱好，和各类生意人喝酒聊天应酬，帮着家里人打理生意。一切皆有可能，他曾说。是的，一切皆有可能。每一个下一秒，都是无数种可能。所以很多人会乐于选择，乐于憧憬。

诺杰将镜头朝向桑吉，桑吉朝他微笑，见他不断放大焦距、却仍不按下快门时，桑吉朝他顽皮地吐了吐舌头，之后继续转身爬山，诺杰则放下相机，静静地望着桑吉的背影，他突然大步跟上桑吉，拍了拍桑吉的肩膀。

“听说这里有两万五千多棵柏树……”

“咔嚓！”诺杰抬头给一棵参天柏树仰拍了一张，继续说："两万五千多棵柏树，来世我愿意变成热振的一棵树。而你，必须是树上的一只小鸟。"

桑吉一脸严肃地看着诺杰，诺杰立刻补了一句："我是说下辈子。"

见桑吉如释重负的样子，诺杰的神情突然变得黯淡。

此时桑吉的思绪大多在儿时的回忆上。那时，自己通常是家人背着或者牵着手爬山的。最有意思的是过"帕邦塘廓节[1]"时，家人总是背着一堆吃的，有酥油茶、糌粑、酸奶、奶渣等等，年轻姑娘将剪成圆形的黑色胶布贴在脸颊上，作为一种特殊节庆时的装饰。在拜完寺庙后，全家人就在巨柏下吃吃喝喝，过林卡。这里的百姓不轻易杀生，寺庙门前全是被喇嘛和转经人养起来的流浪狗；林间鸟儿在自由自由的鸣叫着；就连这里的松柏也是受保护的，寺庙内有一座木制雕像，是喇嘛们利用雨天倒下的树木制成。转经的人群中，有些人手扶着柏树走路，希望能从上面拨得小片树皮，回家后就煨桑或者泡水喝，听说这样可以预防感冒等疾病。桑吉走过去，闻了闻柏树，正是那种久违了的气味。桑

[1] 羊年藏历7月15日，"密集空行母"等天女下凡为寺前人们祈福的宗教节日。

吉的鼻子很灵敏，对咖啡、香水的前味、中味和后味都会记忆很久。柏树散发的芳香是那种肃静而冥想式的。

热振寺的主体建筑有措钦大殿和热振拉章等。措钦大殿包括佛殿和经堂，最下面的建筑是大经堂。四周又有若干小经堂，供奉着各种佛像、经卷。这里主要供奉着“觉阿疑绛巴多吉”（阿底峡所依之本尊）。此外，寺里还供奉着阿底峡尊者等高僧的灵谷舍利佛塔108座。在柏树林中，到处可见各种古塔。

热振寺离拉萨两百多公里，不算远，因此每年夏季到这里的香客就络绎不绝。今天和桑吉、诺杰一同来朝拜的，就有三家人，每家都有老有少，家中主妇负责给佛灯添加酥油，家里其他成员负责敬供零钱。老人家神情严肃，嘴里念着经文，孩子们蹦蹦跳跳，轻松地跟着大人磕长头。除了叩拜“觉阿疑绛巴多吉”之外，喝几口热振寺著名的“水房”里的“曲蜜”，也是一件挺重要的事情。听取水的小喇嘛说，这里的泉水可以治胃病。诺杰听完这话，立马舀了一大勺“曲蜜”给桑吉，之后也到入自己的手心，大口喝起来，并用剩下的水沾湿了额头和面颊。

桑吉喝完，一边将手上的水往脸上拍打，一边欣赏起寺庙外草坝上的风景来。外面一个瘦削的老喇嘛正在给野狗喂糌粑糊糊，颜色各异的野狗摇着尾巴跑了过来；一群小鸟也飞来了，老喇嘛又从地上抓起一个小布袋，将里面的炒青稞粒撒到草地上。

“吃吧，吃吧，来来来，多吃点。”

此时的天空中盘旋着很多秃鹫，黑压压的一片，老喇嘛抬头望着天空中的这些大鸟。桑吉和诺杰也望着天空。

“唵嘛呢叭咪吽……唵嘛呢叭咪吽……”老喇嘛抑扬顿挫地诵起了六字真言。

“朝拜完了，我们接下来干什么呢？取出姨妈给的酸奶和饼子到林子里过个小林卡，亲亲我我吧？”

诺杰笑着说，桑吉瞪了诺杰一眼。

“我的好朋友，我们确实该休息一下了，走！下山找一处阴凉的地方吃我们的嘎色（素食）”。

两人一前一后的走下山。

“走林子里，怕不怕？”桑吉问。

“怕什么啊？”

“小时候，我会怕走江边和林间，噢，还有隧道里。我们这里是有天然隧道的，就是山洞，很大，说话会有回音，半天才能走出去的感觉。”

桑吉找了一处阴凉的地方坐下，从背包里取出酸奶、饼子和碗。诺杰也坐下，端起碗盛着桑吉从百事可乐大塑料瓶里挤出的酸奶。

“知道，我们这里把这个瓶子叫什么吗？”桑吉边挤边问。

“这，就是装可乐的瓶子啊，叫什么，不知道啊！”

“卓卓！”

“啊？卓卓？为什么？”

桑吉看着诺杰，故意将塑料瓶挤压，瓶子发出“卓卓”的声响。

诺杰笑了，继续看桑吉挤酸奶。

“这酸奶浓的像豆腐。”

“当然，这里水草丰美，牦牛肉、酸奶都是最好的呢。”

桑吉挤出酸奶后，用饼子沾着酸奶吃。

“味道不错，桑吉你刚才说那隧道，什么样的天然隧道？”

“哦，听说在那个隧道里曾发生过战争。我祖奶奶也是在那个兵荒马乱的年代死去的。很悲惨，肚子裂开了，肠子都出来了！”

诺杰看了看酸奶，说：“真的啊？什么战争？”

“就是达扎派兵抓捕五世热振活佛的时候，这里的喇嘛、当地百姓和政府军发生了冲突，噢，你听说过吧？当时色拉寺的喇嘛为了保护活佛也死了80多人，这里就更别提了。”

“哎，战争。”

桑吉看到诺杰尽顾着听故事，酸奶则忘了吃。

“诺杰，你吃啊，别光张嘴看我哈！”桑吉说。

“类似的电影看得很多，《霸王别姬》拍得很好。其实我还真喜欢文革或者是二战题材的片子，具有和平时期的片子看不出的人性。”

“嗯，《辛德勒的名单》，噢，对了，很喜欢罗伯特·贝尼尼的《美丽人生》。”

“和平多么不易。你说呢？我们早晚是秃鹫胃里的消化物。猫呵欠似的短暂人生。活在当下，珍惜眼前。对吧？桑吉。”

“嗯。”

桑吉缓缓将后背靠在了柏树上，她闭上眼睛，感觉全身松软，索性将后脑勺后仰，也靠在了柏树上。她做了个深呼吸，一股浓浓的柏树香从头顶飘来。

第三天，桑吉和诺杰打算离开热振回拉萨。姨妈把自家水磨的糌粑还有新鲜酥油、奶渣等一大袋子好吃的放进了车里。

“不多待些天……城里人总是很着急……路上吃的和酥油茶放前面。其他放车后面，每一样都是双份的，哥哥的给拉萨家里，姐姐的拿回林芝，给我姐姐和姐夫。”说着姨妈开始抹眼泪：“很久没有见到他们啦！”

桑吉赶忙安慰姨妈：“明年休假，我们都回热振来看你啊。”

诺杰则从钱包里拿出一千元给姨妈。

“不要，不要，昨晚桑吉已经给了我钱，你们别总这样客气。”

诺杰则把钱硬塞到了姨妈手里。

“姨妈，你来拉萨就找我，我开车带你到处玩。”诺杰将双手放在姨妈肩膀上，亲切地说。

“不，不，拉萨太大啦，我在八廓街转的头晕，还有车子，坐五分钟我就晕车。搞不懂为什么拉萨城里的人都那么忙碌，车子刷刷的跑来跑去。我每次来拉萨就这么想。”

诺杰和桑吉都被姨妈的话逗乐了，哈哈大笑，最后桑吉还给姨妈来了个“贴面”礼，并郑重地说：“我们走了，姨妈你们都保重身体，次仁！”

诺杰也学着桑吉完成了“贴面”礼，也道了声“次仁”。

车子启动后，姨妈在原地站了很久，她一直拼命的挥动手臂道再见，桑吉不时回望姨妈，看她认真、难舍的表情，顿时想起了《伊豆的舞女》里的山口百惠。

“我姨妈年轻时候很美呢！”桑吉说。

“嗯，性格很直率、可爱。”诺杰回答。

“命运完全不同，你的父母可以说是西藏第一代工人阶级，而姨妈他们则继续着这种半农半牧的生活。”诺杰继续说。

“嗯，我又是守在西藏最基层的公务员。每个家庭呢，都是社会变革和进步的缩影呢。”桑吉微笑着说。

从热振到拉萨需要五个小时左右的车程。桑吉和诺杰一边听音乐，一边随时下车欣赏美景或者拍个照什么的，就这样行进了三小时，已是中午时分。诺杰将车停放在一个平坦的草坝子上准备吃午餐。

他们开着车门，继续放着车载音乐。桑吉从车内取出食物。午餐很丰盛，有姨妈亲手包的牛肉包子、亲手磨的辣椒酱、上好的酥油打出来的茶以及自家制的“拉拉”[1]。桑吉和诺杰都戴着墨镜和太阳帽，一边品尝着美食，一边欣赏着风景。盛夏的高原，草地上野花遍布、空气中散发着青草香。

桑吉喝着酥油茶，望着朵朵白云，感觉自己无忧无虑，身心放松。她突然听到溪水声，就转身寻找那溪水，却意外找到了另一个让她兴奋的东西。桑吉激动的叫起来：“赤辛梅朵！钟花报春！”

桑吉回头，示意诺杰一起过去看看。

“你看，你看，那就是我说的赤辛梅朵！”

诺杰忙把嘴里的包子吞了下去，从车里取出照相机，跑

[1] 一种西藏牧区的奶制品。

到溪水边。

“淡黄色、玫红色……杆子直直的，碎花低垂，确实好看。”

诺杰一边自言自语，一边找角度给花拍照。桑吉早已经坐在了溪水边，两手托着下巴满足地欣赏着花朵。

“嗯，她就喜欢长在干净的溪水边，挺直身板，带着淡淡的、迷人的芳香。”

桑吉干脆跪了下来，前倾着身子，不断去嗅花朵散发出的阵阵清香。

诺杰连续照了几张，放下相机，望着桑吉。桑吉的大眼睛扑闪着，长睫毛弯弯的，额头边一搓卷卷的刘海，嘴巴弯弯地微笑着；就一种花，会让她如此快乐和满足，诺杰觉得桑吉身上有一种难得的质朴气息。有那么几分钟，桑吉呆呆凝视着花，而诺杰则凝视着桑吉。

还是桑吉先打破了沉默。

“波拉[1]生前最喜欢采摘这花用来供佛。他去世十多年了，我依然忘不了他一边摇着转经筒，一边在佛龛前插上他刚采来的赤辛梅朵。这花伴着我的回忆，在我心里它是最纯

[1] 藏语中意为“爷爷”。

洁的花了。要是一个人活成这样也就上佳了。嗯，我以为只有这里有这样的花，可前两天我的同事说，他下乡时候见到了这花，也就是说林芝也有，而且很多呢，属于报春花科。”

诺杰低下头抚摸着相机说：“一定是江白。”

桑吉这才把目光从花朵转向了诺杰。

“没错，是诺杰，而且此刻，我很想他，我不想骗你。”

桑吉说完再次将目光放回了花朵上。

诺杰叹了口气，走开了。几分钟后诺杰又走了回来，“要不要摘一点？”

桑吉连忙摇头，“不不，我舍不得。”

回去路上，诺杰默默地开着车，见桑吉一脸幸福样，他干咳了两声。

“桑吉，其实你说的这种花我也见过，就在拉萨娘热乡的帕崩岗山涧的溪水边。”

# 回程

原本下午就可以到拉萨的，但由于桑吉和诺杰一路走走停停，结果到拉萨时已经是傍晚时分。

此时拉萨城阴云低垂，天空淅淅沥沥的开始下雨，冲赛康附近的行人也明显少了。诺杰帮着桑吉卸下行李，陪她在之前住的宾馆里登记、住宿。外面的雨越下越大，顷刻间路面低凹处已经积满了水。拉萨气候干燥，此时可谓是一年中最湿润的时节了。由于高坡、河谷落差数千米，造就了这里日晴夜雨的天气。在雨季，几乎从每天傍晚的七、八点开始，拉萨城的天空就电闪雷鸣的开始筹备一夜的雨。

桑吉走进宾馆房间，拉开厚重的遮光窗帘，看着外面的雨景。此时，夜幕开始降临，雨水伴着夜色，将万物包裹的朦朦胧胧。

“诺杰，拿个毛巾把头发擦擦啊，别感冒了。”

桑吉看到诺杰刚才取行李时被大雨淋湿了一点。

“哦，好好。”

诺杰连忙跑到洗手间取下干毛巾，拭擦前额淋湿的头发。他擦完走向桑吉，含着笑帮着擦拭桑吉微湿的卷发。看着诺杰大男孩般的笑脸，桑吉心里不由一阵感动。

“诺杰，谢谢，我自己来。”桑吉接过诺杰手里的毛巾：“还有，谢谢你陪我回老家。”

这一句感谢的话桑吉说了很多次，可这一次却使诺杰的表情变得凝重起来。

“明天你真要回去吗？！”

“嗯，回去陪陪父母，之后回波密。”

“主要是见他？”

“也是，也不是。”

诺杰走到沙发旁，一屁股坐了下来。他歪着脑袋看桑吉，满脸的不解。桑吉则开始烧水，取杯子冲洗。

“喝点水休息一下啊，现在雨很大。”

见桑吉忙碌着，诺杰将视线转向了窗外的雨，他的身体完全陷进了沙发里，双手轻轻放在沙发扶手上。

“我想问你，这两天我一直想问你。”

“嗯？”桑吉认真地听着。

“为了一时的激情，你要永远留在那里吗？”他缓缓吐出这几个字。

桑吉沉思了片刻，之后认真地望着诺杰。

“之前我是多么害怕分到基层，诺杰，我觉得自己完蛋了。可现在……我知道你会说我是因为江白。也可能是他的影响吧，我自己也说不清楚。总之我觉得我开始喜欢波密，喜欢松宗了，喜欢那样的工作，充实、踏实。我不怕了……”

“如果都是你这样的，西藏基层发展的前景一定很可喜啊！”诺杰有些不以为然地说。

“诺杰，西藏有七地市，每个地市有那么多乡镇，大部分乡镇的条件远远不如松宗，像那曲、阿里的一些乡镇，海拔高、缺氧，连一口像样的水都喝不上。可是很多大学生都在那里默默耕耘，首先那些人非常值得我们尊敬，不是吗？”

“我们这一代人，从小就上西藏班，差不多十年都在内地，像你，喜欢文艺片，喜欢美国乡村民谣，喜欢看话剧、小说，整点咖啡喝喝，再和几个志同道合的朋友聊聊宗教或者哲学什么的，你不觉得拉萨才适合你生活吗？在基层你找五保户说去啊？”

桑吉笑笑，见水烧开，就各自倒了一杯，把其中一杯递给诺杰。

“喝点热水，驱寒。”

桑吉温柔地望着诺杰。她脱去拖鞋，盘腿坐在诺杰旁边的沙发上，并从一旁的茶几上拿起杯子，双手握着。

“思想上的那些东西说多了，想多了，会很累。要让你的思想储备不空洞、不做作，唯一的办法就是……付诸于行动。我把探讨宗教慈悲的时间用来帮助需要帮助的人，我会想看时装秀，但我也乐于缝补我发白的外套，我把文艺片搬进柴米油盐的生活里；而小说，你知道的，来源于生活。我觉得精彩的永远在……在你的行动中，是你感觉你存在，燃烧着。诺杰，你会不会经常有那种……时光正飞速流逝的感觉？诺杰，唯有那样活着我才不怕时光流逝，我才自信。”

桑吉表情淡定、面色微红，眼神放光，诺杰从来没有见过这样的桑吉。

“可是，静者不避闹市，躁者难立深山。”诺杰继续说。

“我想不是为了‘静’而选择深山，而是你已经发现了那88个键盘。”

静默了几分钟后，诺杰喝了一大口水，望着窗外，似乎是听了一会儿雨声，之后又看了看桑吉，见桑吉也开始陷在沙发里，一口一口地喝着热水。

“我保留我的意见，你保留你的，桑吉。尽管你说什么感情不是非此即彼，可我还是打算随时等你的回音。明早八点送你到车站，早点睡吧。”

诺杰说完，站起身关门走了。桑吉望着诺杰的背影发呆，之后轻轻摇了摇头。

第二天上午八点左右，东郊客运站，诺杰和桑吉微笑着道别。

拉萨下了一夜的雨，清晨稍作停歇后又开始飘起来，道路都是积水，空气湿漉漉的，气温骤降，桑吉不得不在牛仔外套上围起了淡蓝色的披肩。今天诺杰话不多，桑吉发现诺杰的下巴胡子拉碴的，可能是这两天在热振没有来得及刮胡子。不过这倒使诺杰更多了些男子气概。

“还是那句话，你懂的。等你回话。”

诺杰扬起嘴角淡淡的笑了，把桑吉的披肩朝肩膀上拉了拉。

“再见，到了给你电话。经常联系。”

“嗯，你多保重。”

桑吉还想说点什么，却又选择了沉默，她伸出手拍了拍诺杰的胳膊，微笑着朝他招手，上了那辆即将发往林芝的大巴。

两人隔着车窗挥手道别。车走了，诺杰却站在原地发愣。桑吉不会知道在那个细雨天，他就这么在原地站了很久。

下午三点，桑吉回到家，吃到了母亲做的“帕泽玛古”[1]。她一边大口吃着，一边喝着酥油茶。母亲则在一边收拾姨妈阿德寄来的牛腿肉、酥油和奶制品。

“啊滋滋！寄了那么多！你姨妈还好吧？”母亲问。

“挺好的！姨妈姨父身体很好！”桑吉吹开木碗上层的浮油，大口喝着酥油茶。

“你姨妈可是给我说你带了一个哥哥。”

母亲说话的表情很中性，看不出是乐意还是不乐意。桑吉立马想起诺杰，马上发了短信。

[1] 一种放入酥油、白糖和奶渣的藏式面食。

“已到家，请放心。”

诺杰立马回复：“你走后我就在想为什么不和你一起去林芝呢？反正我已经休假了啊。呵呵，吓你的。”

桑吉叹了口气，放下手机，发现母亲一直盯着自己。

“那个，那个哥哥怎么样？”

“什么？唉！妈妈，他只是一个好朋友，没有别的。我不骗你。”

妈妈半信半疑地给桑吉斟满酥油茶。

“吃吧，你自己的事情自己看。”

桑吉吃着帕泽玛古、喝着茶。突然来了一条她期盼已久的短信，是江白。

“向你的朋友诺杰道谢啊，朗秋村的小姑娘今年九月可以顺利入学了。我只要下乡到那里，她就要我帮她感谢诺杰哥哥。还有，我教她学会了藏语字母。她非常聪明。还有……你几时回来？帮我在地区买本书。”

“一周后回来，什么书？”

“《少年维特的烦恼》”

“……”

“一定不要精简版的喔。”

“嗯，好的。”

桑吉发着呆，惊诧于江白居然让自己买《少年维特的烦恼》。这本书桑吉没有看过，但谁都知道书中的大致内容。让歌德一夜成名的著作。一部单相思的著作。一部感伤主义著作。他是想告诉我什么吗？是否是一种表白呢？桑吉摇了摇头，告诉自己不可以瞎想。她站起身洗碗、收拾碗筷。

屋外院子里郁郁葱葱，父亲种的芹菜、韭菜已经又长出了一大截，再不吃就要老了的样子，院子里也是湿漉漉的，林芝的雨季缠绵的就像肖邦的夜曲，每一滴雨就像一个音符，滴落在散发着泥土香的土地上，撩拨着每个人的心旋。维特，少年维特，江白不是维特，桑吉在心里给了自己一个肯定的答复。

“嘀嘀……”手机再次发出短信来信提示，桑吉一看，是其美。

“按照你的行程，这会儿在家里了吧，我也休假在地区，明天一早一起去爬山吧，转比日神山，早起啊，七点半在转山路口见。”

“嗯，好的，我也想见你。”

晨间的林芝比日神山云雾缭绕、空气湿润。桑吉在爬山路口准时见到了她的朋友，发现其美身后还跟着一位大叔。桑吉最初以为是其美的亲戚，直到爬到半山腰时，其美趁大叔不注意，凑近桑吉耳朵说了声“我男友”后，桑吉僵着笑容，半天都没回过神来。

这个大叔40来岁，已经有秃顶的征兆，戴上一副近视眼镜，还挺着骄傲的啤酒肚。桑吉忍不住望了望其美，白里透红、秀发齐腰、身段苗条的像个舞蹈演员。桑吉也过去咬其美的耳朵。

“真的吗？什么时候的事情啊？”

其美狡黠一笑，把桑吉往前拉，直到把大叔远远甩在了后面。

“就在你休假后，我来地区开会时好上了。”

“这么短的时间？”

“也不是，之前他们地区宣传部来检查工作嘛，他是负责人，我们在接待时认识的。哦，对了，松宗现在有手机信号哦！电压稳了，可以通宵用电呢！那个啥，江白没有对你说吗？”

“什么江白呀……说你呢！这么老，哦不是，年纪这么大，他一直单身吗？”

“离婚六年了，有一个五岁男孩，呵，感觉还不错，人挺稳重，也知道怎么疼女生。你看……”其美把戴在左手无名指上的白金钻戒闪了闪。

“求婚了，答应了。”

“这么快，你喜欢他吗？其美，不要急啊，你又不愁嫁。”

“还算喜欢吧。有前途、有房子和车子，还能帮我调到地区呢。”

“……多吉呢？”

“哎！”其美叹了口气。

“还是执着，常常发信息给我，问寒问暖的。可是桑吉，我要的他给不了呀！干嘛欺骗和耽误他呢？”

其美说完手插着腰，大口喘气，望着山下的风景，脸蛋更红了，她露出酒窝，快乐地向大叔打招呼：“嗨，快点啊，怎么那么慢吞吞的啊？”

身后的大叔加快脚步，气喘也加剧，脸上露出春意盎然的粉色。

“你呢？桑吉，和那个诺杰怎么样？”

“嗯，这一次去了拉萨，又回了老家，感觉……我终于知道自己想要什么了。”

桑吉一边爬山，一边向其美说了此次旅途中她与诺杰的事情。其美听了并没有像往常那样苦口婆心的劝说桑吉，只是沉默的听着，又摇头。听到最后，其美叹了口气。这时大家也都爬到了山顶，可以一览整个林芝地区的风景。

绿海明珠，林芝人喜欢这样形容自己的故乡。从这山顶一望，确实，整个地区都被绿色的森林所包裹。地区不大，但高楼耸立，街道整齐，南面那条尼洋河从远处看是副静态画，就像一条碧绿的绸带。三个人站在山顶望着风景，足足几分钟，无人说话。大叔坐在草坪上，红着脸、喘着气，一直呆呆地望着风景；桑吉和其美则并肩站立着远眺风景。

“桑吉，你想回去，可我想留在这里。”其美痴痴的说。

# 遇见自己

桑吉在林芝待了一周以后，告别了父母，坐上了前往波密的大巴车。桑吉还记得一年前，母亲在这里以泪惜别，可如今父母不再有之前的那种感伤了，也没有责怪桑吉提前回乡里，他们觉得一切理所应当，既然分到那里工作，就踏踏实实，本本分分的安心工作，早点回去也是应该的，只是母亲在临别前和桑吉一再叮嘱感情的事一定要慎重。

“普姆，女孩子家要活得明明白白的，懂吗？”母亲见大巴就要开了，忙跑到车窗前，握住桑吉的手说。

桑吉正要问明白这句话的含义，大巴就缓缓启动了，桑吉只得使劲点点头。

“阿妈，好的，您放心！”

桑吉一只手向窗外的父母挥手道别，一只手怀抱着那本《少年维特的烦恼》。父母身体依然健硕、心胸开阔，这给了桑吉很大的欣慰。她望着车窗外的父母，他们微笑着向她挥手。很快父母开始面对面谈论着什么。他们一定是在争论今天的藏历日期是多少，或者今天在街上遇见了过往的某个熟人，正在争论那人的名字。父母老了，不依不饶的样子就像小孩子。

桑吉低下头，把那本有关“青春期”和“暗恋”的小说从胸前放到了膝盖上，随意翻看。她觉得这本书很滑稽的连结着自己和江白。这种滑稽有点生硬，却不乏甜蜜。此刻的桑吉兴致颇高，边翻书边取出随身听，一首接一首听起那些老歌来。

路易斯·阿姆斯特朗的《What a wonderful world》再次从耳畔飘来。路易斯·阿姆斯特朗，这位出生于二十世纪初美国南部的黑人爵士乐手，在充斥着妓女、酒鬼和各种阴暗的贫民窟里长大，写出的乐曲却有着从天堂散发出的百合清香，向阳、极简、归零。每一个音符都带着对生命无比的感恩之情，这的确是一首百听不厌的歌曲。

这首歌也让桑吉想起一年前的自己。世事难料啊。那时的桑吉是多么沮丧，她怎么都没有想到自己会爱上波密，又遇到他。此时的音乐、风景和他，拼凑在一起成为绝妙的体验，桑吉深深明白自己恋爱了。她如此确定这件事，以至于满脑子都是他，他在音乐里，在风景里，在桑吉每一个不自觉的微笑里。

桑吉低头微笑，再次翻开《少年维特的烦恼》。这句话映入眼帘：

“我在笑我自己的心，我听从他的调遣。”

桑吉咬着下唇，抬了抬眉毛，感觉自己的心思被谁人识穿了似的。她懒洋洋的将头靠在后座，闭着眼睛打起盹来。现在随身听里正在播放的是那首《月光曲》，今天听起来，桑吉没有看到月亮和阴云，随着音乐流动的是她起伏不定的那颗心；那颗心被一种压制不住的甜蜜感不断激荡着，就像进进退退的潮水。

到达松宗的时候已经是晚上九点过了。不过乡里倒是难得的热闹，从远处便可看到烧烤摊、打台球的人，停在乡里的车辆也比往日多。对了，桑吉突然想到了这是一年一度松茸设卡的时候。

松茸，号称“蘑菇之王”，是生长在青冈林下菌根真菌，世界珍惜名贵的天然药用菌之一。西藏的松茸主要产自林芝，而林芝的松茸属波密的最好，这就自然而然成为了当地百姓增收的方式之一。到了每年的松茸采购时节，也是乡里最忙碌的一段时间。这里的百姓在林下采集完毕之后，会统一卖给松茸老板，松茸老板则以每斤两元的价钱给乡政府缴纳管理费，之后将松茸运到更大更远的市场，以更高的价格卖出。有些松茸老板为了省下管理费，会将松茸偷偷运出。为了杜绝此类情况，每年的这个时候，乡政府工作人员就要在318国道的各个要道通宵设卡，对从乡里出发的车辆进行逐一检查。

车子刚到松宗，小雨就淅淅沥沥地下起来了。

车窗玻璃被雨水冲刷得一片模糊，桑吉摇下窗户，伸出手指感触外面的雨水和冰凉的空气，却意外看见正在乡政府路口，雨中站立着的江白，她的心开始“砰砰”地乱跳。在细雨中，他擎着一把黑色的伞，和仁青、多吉、旺杰正在检查一辆从乡里出发的面包车。

桑吉想再仔细看看江白，可是自己的这位司机估计是着急回家，他加速经过检查站，驶入了乡政府。桑吉还没有回过神来，就到达了自家门口。

将行李放回屋内以后，桑吉撑着伞，走到烧烤摊，点了几串豆皮、土豆和鸡腿。之后提着烧烤，来到了刚才看见江白的地方，只见多吉和仁青还在设卡。

“辛苦啦，来吃点烧烤！”桑吉对他俩说。

“你休假这么快就回来啦？正好饿了！又冷又饿的！”仁青取下口罩，从塑料袋里取出两个鸡腿，一个递给了多吉，一个自己大口吃起来。

“今年松茸的收成好吗？”桑吉问。

“今年雨水多，老百姓都乐坏了！”多吉边吃鸡腿边说。

“就你们俩吗？”桑吉问。

“俩人一组，刚刚接了旺杰和江白的班。我们要守到凌晨三点！”仁青三两口的就把鸡腿吃完了。

“来，这几个，你们俩也吃了啊，趁热！”桑吉将剩下的烧烤也交给多吉。

回到自家门口，桑吉望了望对门，漆黑一片。估计是睡了，辛苦啊，桑吉心里甜蜜念叨着。

再次见到江白是第二天早晨的事情了。由于桑吉休假未休满，加上旅途的疲劳，第二天起的稍晚，直到中午时分她才悠闲地朝乡政府办公楼走去。桑吉抬头看盔甲山，大概是由于下了一夜雨的缘故，盔甲山上的积雪仿佛有所增多，但仍能看清经风化后的石板岩层的“横纹”，从积雪覆盖下整齐地冒出若干个平行的“一”字型，仿佛是有人用浓重的黑色油墨小心翼翼地涂抹上去的。从半山腰倾泻而下的“瀑布”依然欢快地奔涌着，不假思索地赶赴“前方”，它在燃烧，按照央宗的话来说。

桑吉今天脚穿一双平底黑色浅口皮鞋、紧身牛仔裤，上身白色的T恤衫上披着藏蓝色的风衣。她大口呼吸着清晰的空气，步伐轻盈，最重要的是此时桑吉眼底温柔，面色红润，她知道自己随时都可能会和他相遇。

如桑吉所料，就在办公楼下，两人不期而遇。江白见到桑吉先是愣了一下，他习惯性地挠了挠头，笑着问：“回来啦？”

“嗯，休假时间还没到我就先回来了。”

“唔？有急事吗？这么快回来？”

“没，没有。就是觉得……呵，晚点把你要的书送来。”

江白点了点头，回以微笑。

“谢谢，还有……我的小说出版了，今晚我不用去设卡，晚点也送你一本。”

“嗯！”桑吉也微笑着回答。

江白刚走开，李书记和多吉也下楼了，看见桑吉很是诧异。

“这么早回来啦，休假没完的嘛。”李书记露出了不多见的微笑。

“桑吉昨晚就回来了。刚才李书记还在说你在就好了，有一大堆上报材料呢。”多吉说。

“对，对，桑吉你要是有空，帮江白和多吉整整材料，旺杰休婚假，就江白和多吉忙了。”

“没问题，书记。反正我没有别的事情。”桑吉爽快的回答。

“乡里都是你和江白这样的年轻人就好啦。好了，我和多吉下村去。你和江白先看看手头这些工作吧，这松茸工作也在忙，一忙忙一块，要快啊！”

李书记背着手、驼着背走了，多吉也紧跟在后面。突然多吉像想起了什么事情，他转身朝桑吉走来。看到桑吉在原地等他，他腼腆一笑。

“嗯，桑吉，我想问你个问题。昨晚就想问你的，又怕仁青哥笑话。你也别笑话我。”

“说吧！”桑吉觉得多吉要问的一定和其美有关。

“其美说她要结婚了，这是在糊弄我吧？或者是真的？”

桑吉犹豫了一会儿，吐了口气：“多吉，她说的是真的。”

“哦！”多吉低下头，嘴角和眼角都下垂着，几秒钟后，他抬起头苦笑了一下：“如果其美和你一样就好了。”

“什么？”桑吉睁大眼睛问。

“别误会，我是说你和江白。我能看出来的。”

桑吉不好意思地笑了笑。

“多吉，她如果像我，可能你就不会喜欢她了。”

“喂！多吉！多吉！出发啦！”

李书记从车窗内探出头喊着，多吉这才恢复了原有的神情，微笑着向书记点了点头，并小跑着赶去了。桑吉望着多吉的背影，想起其美和那位大叔。

桑吉理解的“晚点”就是在晚饭后，于是桑吉就在傍晚时分，拿着《少年维特的烦恼》去找江白。今晚恰巧全乡停电，大家伙也都猫在自家门口聊天。桑吉看到江白屋里点着蜡烛，光线微弱，门微开着，就径直走了进去。

到了江白屋里，桑吉顿时惊呆了，借着蜡烛发出的微弱光芒，桑吉看到江白在木屋墙壁上贴满了照片，而照片里的主角只有一个：赤辛梅朵。江白不在屋里，桑吉端起蜡烛，细细欣赏起那些照片中的花朵来，这些照片一定是江白在桑吉休假期间拍下的。照片中的赤辛梅朵有淡黄色的，有玫红色的，借着昏暗的烛光，桑吉还能看到一旁潺潺的小溪。对，赤辛梅朵就盛开在最干净的溪水边。这些照片照得真好，每一朵都亭亭玉立，不媚俗、不趋时、不唯上的模样。

“来啦，坐吧，这里有点乱。”正当桑吉为照片里的花朵深深陶醉之时，江白提着水进来了。

“到河边打水去了，开始下雨了，水有些浑浊。你坐吧，我们聊会儿。”

桑吉将蜡烛放回到木桌上，自己坐在了一旁的蓝色木椅上。她双手捧着《少年维特的烦恼》，目光却痴痴地盯着蜡烛的火苗。那小小的火苗看着看着，竟然使桑吉有了某种被催眠的感受。火苗，越来越大，越来越清晰，或者叫它火焰更为确切。黄白色的外焰、橘红色的内焰，淡蓝色的焰心。为什么在自家墙上挂着的那个木头火焰，却硬是被自己染成了愣愣的大红色呢！与空气的接触程度，氧气的充足程度，燃烧的完全程度，决定了蜡烛火焰每层不同的颜色，当然最重要的还有温度的差异，那个燃烧最充分、和外界接触面积最大的外焰……最终是它发出了热量。

“外层温度最高，是因为它接触空气的面积最大。”桑吉看着火焰喃喃地说。

“确切地说，是因为能吸收更多的氧气。”江白也将目光放在了火焰上。

桑吉突然回过神来，下意识地“呵呵”笑了。每次到江白屋里，桑吉都会有种奇特的感受，她会感觉自己浑身酥麻麻的。她觉得自己的想法他都懂，而他的想法她也都能理解，所以感觉一切尽在不言中。这种感觉具有极强的诱惑性，使得平日里羞涩拘谨的桑吉一旦坐下来就不愿离开。

外面的雨大了，大家伙在外唠嗑儿的声音也没有了，估计此时都在自己屋里，也点着这样的蜡烛吧。多安静的雨夜。桑吉突然想起自己手上的书，就站了起来，颇为郑重地用双手递给江白。

“给，你要的书。”

桑吉微笑着坐下，身体前倾，并将双手撑在椅子上。她一会儿温柔地看着江白,一会儿望着蜡烛的火苗，一会儿瞧瞧满屋的赤辛梅朵，就像一个孩子来到了一家新开的游乐园。

江白用毛巾擦拭了被雨水打湿的头发，坐在了床边。

两个人对望了一下，随后相视而笑。

“你还好吗？”几乎在同一时刻，两人互问了同样的问题。

“很好。”之后二人又同时说出了这两个字。沉默了片刻，桑吉继续问：“你的小说呢？”

“哦，就是，专门留了一本给你，写的不好，请批评指正！”

江白微笑着从桌上垒好的书堆里抽出一本递给桑吉。

《一个人的乡镇》，桑吉看到这本小说的封面背景是用了墙上照片中，一张赤辛梅朵的远景照，只是图片做了虚化处理，但桑吉能一眼认出这花来。

“你也喜欢这花？没想到林芝有，我从来没有注意到。”

“我之前也没有留意，直到你向我提起后，我才试着在下村时多加留意，当我第一眼看到这花时，就知道是它。”

“对，就是这花。”

两人再度陷入甜蜜的沉默中，外面的雨声缠绵，仿佛在试图将他俩和外界隔开。

“为什么看维特？都这把年纪了。”桑吉带着故意刁难的语气。

江白不好意思地笑了，望着火苗，用他低沉的声音缓缓地说：“暗恋一个人，在人生的任何阶段都可能。”

桑吉面红耳赤，心怦怦直跳，不知怎样回答。江白则借着室内微弱的烛光打量着桑吉，他很安静。桑吉更加不好意思起来。

“想听我唱歌吗？”江白突然问。

“你还会唱歌？”

“噢？我的样子是不会唱歌的样子吗？”

“因为……你有点书呆子气。”

江白歪着脑袋望着桑吉，一副很不服气的样子。

“今天就露两手给你！”随即江白站起身，从衣柜里取出一把淡蓝色的吉他。

“哇，你还真有吉他啊？”

江白扬起眉毛，咧着嘴，朝桑吉点了点头。见到他那滑稽的样子，桑吉“扑哧”笑出了声。

江白抱着吉他，走到桑吉身边，也坐在了那张长木椅上，开始拨琴弦。江白清了清嗓子，开始了他今晚的“演唱会”。

第一曲是约翰·丹佛尔的《乡村路带我回家》，第二首是齐秦的《张三的歌》，最后江白用藏语唱了一首民歌《阿若康巴》。桑吉听过很多人唱这首《阿若康巴》，但用吉他伴奏自弹自唱还是头一次。

“阿若康巴，我的故乡。

康巴的儿子总要浪迹天涯，

去那天边的阿里转上三圈。

善驰的骏马我没有，那一双皮靴就是我的骏马。

安逸的住处我从未寻觅，

有水火薪柴的地方就是我的歇脚地……”

桑吉很惊讶于江白能把每首歌唱得那么有味道，仿佛就是在讲他自己的故事，他的声音低沉，富有磁性且略带沙哑，把情感拿捏的很到位。

“你来唱一首，我来伴奏。”

“以为我不会唱歌，是吧？！”桑吉也较上劲了：“那来一首经典老歌吧，齐豫的《橄榄树》。”

“不要问我从哪里来，

我的故乡在远方，

为什么流浪……”

桑吉索性盘着腿坐在木椅上，轻声哼唱着，江白一边认真地伴奏，一边抬头深情凝望着桑吉。一曲《橄榄树》唱毕，江白为桑吉鼓掌。

“不错，不错。咱们一起来首邓丽君的吧！今晚是怀旧风。”

“好好好！”桑吉凑近江白。

江白的前奏开始，桑吉在一旁微笑着等着开唱。

“你问我爱你有多深，

我爱你有几分。

我的情也真，

我的爱也着，

月亮代表我的心……”

两个人年轻人轻声哼唱着，《少年维特的烦恼》被冷落在了一边。桑吉因为自己唱错了歌词而脸红，双手捂住脸颊。江白突然停止了伴奏，深情凝视着桑吉，伸出手将桑吉落在脸上的碎发轻轻拨开，之后，那只让桑吉心跳加速的手，又轻抚着桑吉红的发烫的脸颊。羞涩感让桑吉突然站起身来，平日伶牙俐齿的她已变得结结巴巴。

“那个，有点晚了……我该，该回去了，晚安。”

见桑吉抱起《一个人的乡镇》，准备匆匆离去，江白站起身，脸上堆满了笑容：“好，好，尼吉。”

江白打开房门，外面已是瓢泼大雨，他回头无奈地望着桑吉。

“唉呀，我家里没有伞，只能我护送你了。”

说完，江白脱下外套，将桑吉搂紧，把自己的外套套在两人头上，之后就这么拉着桑吉在大雨中飞奔了出去，桑吉能感觉到江白温热的呼吸和他坚实的身体。雨很大，两人的双脚在积水中奔跑跳跃着，水花被溅起，裤管弄湿了，但他们像一对比翼鸟般欢快地嬉闹着、飞奔着。桑吉觉得这是她有生以来跑过的最甜蜜的100米冲刺。

“哇，我的鞋子进水了！”

“没事，我的还进泥巴了呢！”

“我的书都湿了！”

“没事，我背给你听！”

“你方向都跑偏啦，是那里啊！”

“我希望越远越好，南辕北辙都可以……”

把桑吉送到家门口后，江白又笑着在雨中飞奔了回去。二人很快站在自家门口，隔雨相望。雨水，像千万条透明的珠帘，落在地上“噼噼啪啪”作响，两颗年轻的心也久久无法平静，他们都咧着嘴笑。终于，桑吉招手道了再见，江白才依依不舍地转身进屋。

桑吉进屋后点上蜡烛，发现《一个人的乡镇》封皮都湿透了，她赶紧抽出纸巾试擦。她还在为刚才和江白在雨中的“疯跑”感到好笑，心想怎么今天晚上像喝醉了一般。桑吉将小说封面的雨水试擦干净，翻开一看，那是江白的字迹。

“在一个人的乡镇里，我遇见了她，如同遇见了自己。”

在小说的最后一页，桑吉发现江白还工整地抄了一首诗歌。烛光下，桑吉开始轻声朗读了起来。

此刻，在桑吉房屋对面的屋里，大男孩正看着他的淡蓝色吉他傻笑着，而门后的大雨伞则顺着墙壁轻轻倒了下来。

# 恋在波密

桑吉和江白恋爱了。

桑吉开始提前上班。在江白阴冷的办公室里，俩人加班加点做着书记交付的工作任务。恋爱中的俩个人很高效，仅仅两天他们就完成了所有材料的整理和上报工作。

这天中午闲暇之余，桑吉和江白爬上后山来到了他们第一次闲聊的田地边。俩人盘腿坐在草坪上看风景。身后是威严的盔甲山，山下则是玲珑的松宗乡。再向远处眺望，是318国道。从这个角度看去，纵贯高原东西走向的国道就像一个羊肠小道，过往的车辆就像电动玩具车；再往南面望去就是翡翠色的帕隆藏布和秀丽坚挺的喜马拉雅山脉。

桑吉和江白都戴着太阳帽，静心凝望着山下的风景。

“感谢……让我生命里有这样俩个女子。”江白喃喃地说。

“俩个？”见桑吉疑惑的看着他，江白故意沉默了十几秒。

“对，两个。第一个是我母亲。我父母都是筑路工人，现在父亲已经在林芝地区养老了，但他每年雨季都会来一次松宗，我们会站在这个角度一起默默怀念母亲。”

江白停顿了一下，似乎是在整理心情。

“在我三岁那年，也是雨季，母亲在抢修公路时遭遇突发的泥石流，当时有八人遇难，其中有一个是我母亲。”江白嘴角挂着一丝苦笑，不过很快他的嘴角便开始小弧度的上弯：“我喜欢松宗这半山腰的小麦田，喜欢在这里看书或者想念母亲。”

桑吉惊讶地望着江白，不知说什么好。

“就在那里，”江白手指着远处国道拐弯处，一旁是陡峭的山峰，另一面是湍急的江水。

“在我印象中，母亲是那样的美，遗憾的是在她28岁最美的年龄，便抛下儿子和丈夫走了。”

微风吹过，撩起江白前额的头发，江白眯着眼睛，嘴角依然是上扬的、含着笑的。他望着远方，仿佛他说的并不是死亡，而是一首诗歌。他的成长必定伴有对死亡的记忆和对母亲的思念，因此他是早熟的。这种早熟不仅是在他的童年和少年时期，同时也存在于成人以后的日子里。他活的太明白了，一眼能看穿本质和表象，就如饱经世事的老人一般。桑吉心疼地望着江白，轻柔地说："对不起，让你想起这些。"

"回忆母亲是儿子最幸福的事情了。桑吉，这世界上如果有人无条件宠爱着你，其实我想是很幸福的。"

江白低头，用小树枝挖着松土，之后又抬头凝望桑吉，他眼中放射出一种光芒。

"虽然我那时还小，但永远记得妈妈的话：'小江白，健康长大，长大后做你喜欢的事。'从来如此，无论是将我放在怀中，举在手上，还是放在床上，她喜欢说这句话。母亲去世后，父亲没有再婚，辛苦拉扯我长大，上小学、上西藏班，上大学，我毕业后他就搬去了林芝地区，那里有我们更多的亲戚好友……桑吉，每次心情不好时，我会从这里喊妈妈，大声喊。"

桑吉感到鼻子发酸，她拍拍江白的手臂。

"妈妈一定会很欣慰，你活出了她希望的样子啊！"

江白微笑，平静地望着桑吉。

"嗯，尽管很多人说我固执，可我不在乎，桑吉。我知道自己想要什么，从小都是……你是我第二个重要的女人。”

“我？”桑吉不自信地说。

“对。你一定是母亲从天上请下来的。你让我不再孤独。”

桑吉以同样平静、温柔的目光望着江白。

“你是个极品，还是个傻瓜。我也有很多缺点的。”

“我很有幸，将见证你的很多缺点。”江白说着，握住桑吉的手：“你已经转正了，咱们就挑个日子结婚吧。”

桑吉被这一句惊着了，身体本能的后倾，疑惑地盯着江白。她感觉一切都太快了，有种眩晕感。见桑吉惊惶不安的样子，他一把将她搂入怀中，轻抚着她的头发。而她瞬间像个小猫，静静地倚靠在他怀中，呼吸都放慢、放轻了。在他的怀中，桑吉觉得温暖、踏实，并且这种感觉如此自然而熟悉，就像上辈子就拥有过这样的怀抱。

接下来的几个月里，桑吉感觉自己浑身充满了能量。她认真工作，渐渐发现了基层工作中越来越多的乐趣。如朗秋村的小女孩学习不错，最可喜的是，她身上有绘画天赋，她见什么画什么，画什么像什么。桑吉给她买了彩笔，江白给她买了画板，她那双充满灵气的眼睛总是认真聆听桑吉的话，桑吉越来越喜欢她了。再比如近期在乡里开展医保入村工作时，桑吉总是耐心地解释政府的医保政策，确保每户能按时缴费，从而享受更多的医疗优惠政策，松宗乡也就成为了全县参保率最高的乡镇。

一年半的时间，桑吉踏遍了全乡各个村落，桑吉已经能够较熟练的用波密话和老百姓交流。大家也不再叫他“普巴普姆[1]”，而是叫“阿谢[2]桑吉”了。

桑吉做饭的手艺也越来越好，由于旺杰结婚入赘，只剩她和多吉合伙吃饭，就经常顺道把江白和乡长扎西也一起叫来吃饭。

这天晚饭后，乡长提议喝点小酒。桑吉在乡小卖部买了瓶二锅头，并为他们炒了盘花生。

“很快就秋收了，到时各村都该忙开了，简报部分你负责啊桑吉，江白，你多和县气象部门联系，指导一下各村收割情况。多吉，你藏文功底强，多和老百姓交流。虽然这一

[1] 波密语，意思是“后藏女孩”。

[2] 波密语，意思是“姐姐”。

带老百姓活路多，但农业仍是他们的根啊。”

乡长是个工作狂，什么场合都是工作第一。

“放心吧，乡长，我给桑吉早说过了，今年的秋收工作要早打算。今年雨水多，得抓紧做好收割和打场工作，否则作物倒伏、出现渍涝就不好了。还记得去年仲堆村里那个农妇痛哭的样子吗，大片农田倒伏……唉，今年要到县气象局看看他们有没有什么生产建议。虽然说靠天吃饭，但科技日益强大，我们也要多讲讲科学方法。”

多吉端起盛满白酒的小酒杯，边聊边和乡长、江白碰杯。

“我想好了！”多吉饶有兴趣地说:“今年桑吉的简报除了报送上级部门之外，我也翻译一下，给各村村委会送一份去。也让大家都了解一下进展。”

“嗯，这个点子好，算是今年工作中的一个小创意吧。就这样干吧多吉。”

乡长高兴地说。

正在收拾灶台的桑吉转身看了看多吉，见多吉容光焕发的样子，一定是从其美的事情中走了出来。

“哇，你们几个聚会都不叫我！”

原来是旺杰。乡里打台球的旺杰刚好撞见他们把酒言欢就迫不及待进了屋。

乡长招手示意旺杰过来坐下。江白给旺杰拉了个凳子，桑吉立刻拿出白酒杯子给旺杰斟满，自己也拉了凳子坐在江白旁边。四个人围着一盘炒花生和一瓶二锅头，聊的开心。他们聊工作，唠家常。其间桑吉又去买了两瓶二锅头。

“怎么样？旺杰，这女婿当的怎么样？”乡长喝得双颊绯红，但依然坐姿端正，说话底气十足。

“嗯，太快了。丈人就怕女儿嫁不出去一样。我呢，嗨，这婚一结，才发现一辈子捆这儿了。”

旺杰的神情突然变得落寞。

“我可听说她们全家上下对你都很好呀，你还不满足……”多吉说。

“不是那么回事儿，我不有工作嘛，哪个百姓不想找个乡干部！只是我呢，上了这么多年的学，最终不得不一辈子在农村猫着……感觉已经是我爷爷的状态了。”旺杰不快地说。

“旺杰，”江白拍了拍旺杰的肩膀，“乡里一样可以干出事情来。是，世界那么大，不过到哪里不都得脚踏实地吗？都一样啊，主要是看自己。”

“我是俗人啊，大哥，和你不一样啊！”旺杰自斟自饮了一杯。

“这儿有什么不好？风景如画，我们还年轻，这里的工作很需要我们，一天工作下来，我觉得自己一身轻松，除了写点东西，我的思维是放空的。这种放空也不是消极无聊的，怎么说呢？我在干自己喜欢的事情，所以一切都很简单而美好。旺杰，我们一起努力好吗？为了松宗美好的明天，让盔甲山见证！”

江白微醉，眼睛里放着光，他很少在人多时表现得这么激动。

桑吉看着江白，一种隐隐的幸福感在她心间荡漾。她知道在江白最近的快乐中，至少有一部分是来源于自己，她使他的快乐中又增添了几份满足和自信。正当桑吉沉陷在自我的小情绪里时，江白猛地把桑吉拽了过来，领到了乡长、多吉和旺杰跟前。

“我，我们……”

江白想借着酒劲告诉大家他们俩的事情，可是江白终归是腼腆之人。

他的话开了两次头，但最终还是羞涩地低着头，自己先笑开了。

大家伙都望着他们俩，也笑了。

“哎呀，知道，知道！”

“哎呀，早看出来了！”大家纷纷说。

“谢谢松宗，谢谢你们！”桑吉倒更大方，一下举起江白的酒杯，仰头畅饮。江白惊奇地看着她，轻轻拍了拍桑吉的脑袋。

“小丫头，你喝什么？明天会难受呢。”

“肉麻，求你了江白。你不适合这种风格哈哈！这屋这几个男的都不适合调情，真是可惜了我唉，这么早就名草有主了！”旺杰哀叹道。

“基层工作有激情，爱在基层也纯粹。我，也要名草有主了哦！”

乡长的话让大家伙儿感到诧异，四个人都盯着乡长，满脸期待。

“谁？我天天跟着您，都不知道！”江白说。

“桑吉你们那届分到康玉的央宗，我们考虑结婚了。”

“康玉啊！”木讷的多吉也惊呼到。

“两地分居啊？不过您一定有办法把她弄出来吧？”旺杰说。

“不会太久，我们就会在一起，我当然是想把她调出来，女孩子嘛，工作条件好点终归好，可是她在那里干的很出色，组织部说我过去倒没有问题，现在能留住的人才毕竟难得。”

“您是准备……”

江白正打算斟酒，听到这话就便停下来望着这位老大哥。江白和乡长之间一直存在某种默契，所以此时江白的语气虽说是在提出疑问，但和别人不同，他的神情里更多的是一种理解，甚至包含着某种仰视。

“嗯，我准备去康玉。松宗就得拜托你们啦！”

听完这话，江白眼里不再是惊讶，而是不舍之情。他一把拉过乡长，紧紧拥抱。几年下来，这两个单身汉之间培养出来的感情是超越上下级关系的兄弟情。旺杰和多吉低头不语，但最后也都举起酒杯表示祝贺和理解。

“自古英雄难过美人关啊！我们都是英雄！”旺杰抑扬顿挫说。

“乡长，怎么说央宗都在等您，您是幸福的！”多吉干了一杯，诚恳地说。

乡长明显喝醉了，举起酒杯，脸上洋溢着一种幸福，这种幸福使他不像往日那么老成，而像一个刚刚毕业、信誓旦旦的大男孩。他有点语无伦次，拍拍江白的肩头。

“唱，唱歌！哥儿几个站起来，唱歌！”见大家都站了起来，乡长开口便说：“我们都是男人，不怕走遍天下，不怕苦，就怕一副担不了事的怂样儿！来，唱歌！”

“沧海一声笑，滔滔两岸潮……。”

天色已晚，雨又开始下了。松宗乡那间光线微弱的房内，几个大男人晃晃悠悠，气宇轩昂地把《沧海一声笑》反复唱了三遍。桑吉也跟着哼唱，她感觉今晚就是在给乡长送行。康玉乡，一年中大部分的日子都是大雪封山，一年只能出来两次。扎西乡长所放弃的，几乎是他的大半个世界。不过桑吉知道，乡长身上有着和江白一样的特点，他们十分理智的明白这纷繁的世界和自己最深的交集在何处，他们知道怎样吸收更多的氧气。他们是同一类人。桑吉突然想到了金庸笔下的乔峰。那是金庸武侠小说中，她最欣赏的充满浪漫主义情怀的英雄人物：正气而不粗狂、刚毅不乏柔情。金庸借用扫地僧的话来表达对乔峰的敬仰：“唯大英雄能本色，萧施主当之无愧。”如今，站在江白和扎西乡长的面前，她突然觉得戏剧本身来自生活，就是生活，为什么世人总喜欢将理想和现实分的那么开？一念入戏、一念出戏。人生没有太多琢磨和反复的机会，一张稿纸上需要的是率真和坚持。

她突然想起了江白在送给她的《一个人的小镇》上的赠言。那是一首诗，来自莱蒙托夫的：

“一只船孤独地航行在海上，
它既不寻求幸福，
也不逃避幸福，
它只是向前航行，
底下是沉静碧蓝的大海，
而头顶是金色的太阳。
将要直面的，
与已成过往的，
较之深埋于它内心的，皆为微沫。”

# 偶遇其美

扎西乡长是在秋收工作接近尾声时调到康玉乡的，他是去那里当乡党委书记。临走那天，乡里所有干部以及不少自发前来送行的百姓都在扎西乡长门前等候着。李书记、桑吉、江白、多吉等人分别为他献上哈达。桑吉和江白还为扎西乡长准备了一小袋物品，里面有各种感冒、肠胃药品，当然还有乡长喜欢的几瓶二锅头。

扎西乡长笑着和大伙儿挥手，用地道的昌都话和大家告别："哒，雅莫[1]！"

桑吉望着乡长背着行囊、清瘦的背影，不禁想到这位第一批西藏班的大哥，他的许多同学已经在地区上或者拉萨身居高位、飞黄腾达，但他还在以一个西部牛仔的潇洒姿态穿梭于基层乡镇；他或许也曾考虑过名利和物质，但最终和这些东西擦肩而过。他看起来像个苦行僧，至少在他的很多同学眼里应该是这样的。

[1] 波密话，意为"好好的！"

桑吉也想起央宗，此刻她一定在偏远的康玉乡里望眼欲穿吧。

“谁可怜，那个分到康玉的？还不定谁会混得更好呢！”

当时扎西乡长就是这么对桑吉和其美说的。如今的央宗事业顺遂，还拥有了一个疼她、懂她的男人，能说什么“可怜”呢？在这猫的哈欠一样短暂的人生中，有这两样东西的女人不多。

乡长走后不久，江白就从副科提为正科，是松宗乡乡长了。对于江白来说，工作量加大了，不是进县城开会就是走村串户。江白继承了扎西乡长稳健踏实、富有亲和力的工作作风，大部分工作都要亲力亲为。他告诉桑吉，经验主义的做法已经过时了，现在的年轻干部要把工作和理念结合在一起，让百姓从骨子里产生开拓进取意识。比如说劝学工作不应该只是满足于学校的点名册，而应做好家长和孩子思想深处的工作，让每个人意识到接受教育的长远利益，否则劝学工作只会流于表面，孩子点名时来了，明天又去采松茸、挖虫草去了。

白天满满的工作没有影响江白的创作欲望，几乎每晚他都在写作，他说扎西乡长给了他灵感，他要写他。他还为这本书命名为《行者》。借着松宗昏暗的灯光，江白伏案写作。他的文字简洁凝练、幽默又不乏深度。桑吉有时觉得自己身边的这个男人，思想纯真又有灵性，执行力超强，他的身上散发着一种内在的性感，她是越看越欢喜。当然，桑吉也心疼他，就从老百姓那里定了新鲜牛奶，每晚都按时煮给他喝。

“每个人都是生命的行者，不是住客，对吗？”江白喝着牛奶，问桑吉。

“嗯，就像被风吹走的蒲公英呢……好了，来一首橄榄树吧，我想唱歌。”。

江白一口喝掉牛奶，抓起一旁的蓝色吉他为桑吉伴奏。桑吉微笑着轻声唱，想不起歌词时就吐吐舌头，俏皮地将头倚靠在江白的肩头。唱完几曲，江白沉默了好一会儿。

“桑吉，什么时候嫁给我？”他突然问道。

“我下周不是要去地区培训吗？我要告诉父母一声的。”

桑吉甜蜜地回答。江白把吉他放一边，抓着桑吉的手看她的眼睛。那种眼神，总是让桑吉想起海底深处的静谧。

“我这样的人，你不会后悔吗？”他诚恳地问道。

“会的，会后悔。”桑吉一边不假思索地说，一边从床上拿起织到一半的毛衣，麻利地走起针来。这是她前阵子从李书记老婆那里学来的本领，打毛衣。有一次江白下乡回来之后，告诉桑吉仲美村一户家庭有个小女孩身上穿的毛衣破的都是小洞后，桑吉就打算以后没事就织毛衣给村里条件差的孩子穿。

“真的？”江白身体靠后，睁大眼睛问桑吉。

“嗯！”桑吉点点头，“后悔没有早点和你好。后悔眼力比白珍差。”说完就是“扑嗤”一笑。

江白搓了搓后脑勺，傻傻地笑了。

“你真狡猾。哦，对了，你到地区后一定告诉你父母。我也会打电话告诉我父亲。希望几个老人家都能来。”

在桑吉还没有去地区培训之前，江白先接到了通知，说是县里开表彰大会，江白被评选上了“波密县优秀青年”，过几天就得赶到县里领奖。

得知获奖的当天，桑吉为江白挑选衣服。她打开江白的衣柜。

“按理说应该穿西装，可是从上到下都正装，有点傻……这样吧，这件西装外套不错，下身还是你平常穿得那件牛仔吧。把‘枚龙’取下，洗一洗，过两天去领奖时穿上。”

“你的意思是穿成黎明的样子？……嗯，黎明的样子。”江白看着衣柜里的那件洗的有些发白的西装外套。

“江白，领奖时笑好看点啊，县委办公室一定会拍照，我到时也多要一张，给父母看的啊。”

“这样啊，我还真有点紧张。全仰仗摄像大哥啦。”

“呵呵，总之……恭喜你。你的努力有人看得见。”

“唉，其实，我根本就达不到这个标准。”

江白坐在床边，看着桑吉从衣柜里取出西服和牛仔裤。

“我才来几年，工作成绩还不够突出，也没有为乡里做出什么大的贡献。其实像扎西乡长他们那样的人才应该拿奖呢。”

桑吉歪着脑袋微笑：“那就看你日后的表现了，这个奖也不是封顶奖。我学是广电新闻专业，现在广播电视村村通，我也要琢磨琢磨我能干些什么。咱俩也要好好工作，像扎西乡长和央宗一样。”

“还有继续写小说，那是我生活的一部分。”

桑吉调皮地举起右手：“我同意！江白啦，《少年维特的烦恼》看到哪里啦？”

江白笑了。

“恐怕我一辈子都不会看了！”

江白去县城领奖那天，乡里来了工作组，桑吉发现工作组成员里也有其美。在临时召开的会议上，桑吉看到其美一脸严肃，话里偶尔还带着官腔，就忍俊不止，朝其美挤眉弄眼。待工作组喝茶休息的片刻，桑吉将其美悄悄拉到江白的屋里，指了指墙壁，示意她看满屋的照片。其美入神地望着照片里的花朵，做出吃惊的表情。

“哇，桑吉，你这样展示江白，连我都要爱上他了呢。真有心，真浪漫。我家那位可做不到。”

桑吉收住笑容：“其美，你真的打算结婚吗？和那位大叔，不对，和那位大哥？”

其美见桑吉欲言又止的样子就笑了。

“唔！呵呵，是的啊。他说明年春节后就想办法把我调到林芝地区。将来在地区和拉萨各买一套房子。再要个孩子吧。”

“那，刚才多吉下村去了，你要不要见他？估计快回来了。我打算做饭了。你也留下来好吗？”

其美的表情瞬间变得严肃，并很快站起身。

“我得按时和工作组回去，下午还有工作。你到县里来找我好吗？”

刚走到门口，其美突然转身，神情有些激动。

“桑吉，我在县里收到了他的来信。信很长，他说他一辈子等我，居然是等我悔悟……悔悟……我讨厌那样，他站在道德高地藐视我的样子。每个人有每个人的追求。即便那样会后悔，也是我的权利。”

其美深吸了一口气，倚靠着门，望着对面的盔甲山。

“桑吉，我妈妈年轻时候嫁给了一个文人，该叫爸爸吧？！我妈妈自己是个文盲，但是活泼善良，她一心一意只为他。他看书，她就在一旁做饭或者打毛衣，眼底全是欣喜。我那时还小，但我全明白。她喜欢有学问、有追求的人。最后那人调走了，急着和我妈妈离了婚。我妈妈和我一路走来很不容易。我怕和那样的人在一起，那种人肚子里是有点东西，但复杂，就像初春的天气。你一定觉得我已经够善变了，是的，是拜这种人所赐。我上大学时的两任男朋友，统统一个气质，而且我猜着多吉也好不了多少。我总遇到这种人，和我妈一样，但我不认命，我要控制我们的关系，不要陷在情感的漩涡里，智商为零，又跟不上他们的精神，没有安全感，到头来物质上也一无所有。再说，我现在爱自己还来不及呢。”

其美一股脑儿说了这么些之后，突然转过身来，拍拍好友的肩膀。

“谁不想像你那样呢？对我来说，单纯是奢侈的。说实在的，有时我会很嫉妒你……也嫉妒央宗……你们比我……嗨，不说了！ 好了，亲爱的祝福我吧，就像我现在也愿意祝福你和江白那样。”

其美说完，耸耸肩，自嘲似地笑了。她没有等桑吉回答，便和她的好友挥挥手，转身出去了。

桑吉倚身靠着门，目送着好友。望着其美的背影，觉得有些东西堵在喉咙说不出来。原来其美的选择一直在矫正她童年的不幸。正想着，见其美突然站住了，她回头朝她挥手道别，还给了一个飞吻。桑吉无奈的笑笑，心想着感情的事情往后再也不去劝其美了，她决定祝福她，如其美所说。还有，江白曾说："这世界如果有人无条件的宠爱你，其实很幸福"，桑吉决定无条件的"溺爱"这个好友，尽管她们之间有那么明显的差异。

决定溺爱一个人，这种念头桑吉之前从来没有过。

午后的阳光如此耀眼，照得万物白花花的，让桑吉有些睁不开眼。桑吉叹了口气，抬头看盔甲山，绿色和白色，这大概是波密的基本色调了。平日里这是桑吉最喜欢的色泽，今天让桑吉突然觉得有些失真。太好看的东西，看起来都会有点失真吧。

她开始想念江白。如果这里没有江白，自己会离开吗？桑吉自问。突然觉得这个问题有些无聊，就没有细想，转身回到江白屋里收拾、打扫，之后就开始织毛衣。"我明晚上六点回来。"昨晚江白说。那么在七点左右他就应该回到乡里，桑吉决定在那个点去路边等他。

"等"这个字，上下结构，竹林下的寺庙，多美的字，自己之前怎么没有发现呢？桑吉想到这里，不禁甜蜜一笑。

晚上八点了，桑吉在路边没有等到乡政府的车子。她开始有些着急，试着给江白拨打电话。可是手机一直处于无法接通的状态。县城通往松宗乡的路上，很多地方是没有信号的，桑吉安慰自己。

九点了，依然没有等到江白。桑吉倒是遇到了旺杰。旺杰一听情况，嘴角有了笑意。

“拿奖了，肯定有朋友请客喝酒，没有听手机。”

“不会的，是无法接通呢！”

“哈哈，那更明显啦，男人喝酒就怕女人催。”

“不会的。”

桑吉斩钉截铁的回答。但是她此时还真希望是江白喝醉了没有接电话。

十点半了，桑吉回到屋里。没有洗漱，和衣而睡。她睡不着，就在黑暗中睁着眼睛望着月光下黯淡的天花板，她在想象江白是否真的喝醉了；或者手机弄丢了……但是这些理由都不能说服自己，因为司机巴珠的电话也同样是无法接通的状态。就算是发生了手机弄丢或者喝醉之类的事情，以江白稳重的个性，桑吉确信他会通过别人的手机或者公用电话告诉她一声。

该不会是路上出事了吧？想到这里，桑吉心跳加速，慌忙从床上坐起。

“不会的，不会的，桑吉你是疯子。”

在大声急促的咒骂了自己后，她又以同样的姿势躺下，继续望着天花板，双手合十。

“唵嘛呢叭咪吽……唵嘛呢叭咪吽……”桑吉默默地祈祷起来。

十二点半了，桑吉终于听到了门口急促的脚步声。还没等对方敲门，桑吉就从被窝里跑出来，开灯并用力打开房门。对方也被吓坏了，瞪大眼睛望着她。如桑吉所愿，是江白。

“还没有睡吗？”江白吃惊的问。

“你喝酒去了吗？怎么电话也打不通？”桑吉语速很快。

“没有，车子在半路抛锚了。很险，今晚。”江白边说边走进屋，关上门。

桑吉见江白面色发白，鞋子和裤腿上都是泥巴。

“你……”

桑吉正要盘问具体情况。江白却一把拉住桑吉，将她瘦小的身躯紧紧抱住。桑吉什么也不说了，她也紧紧抱住江白。

“那时我的心里就只有你了。车子悬在半空……一晃一晃的，我和巴珠大哥都没敢动弹，多亏路过的村民还有路过的司机救了我们，车子也完好。”

江白亲了一下桑吉的额头，继续说：“我告诉自己，这次如果我活着就一定要快点娶你，然后去见父亲。”桑吉听着，眼里噙满了泪水。

“嗯，嗯，我们结婚吧。”桑吉哽咽着回答。

“哦，对了，你知道车子在悬崖上方悬空挂着的时候，车内放的歌曲是什么吗？”桑吉摇摇头，心想江白怎么还有心思听什么音乐。

“黄品源的《小薇》，那句‘我要带你飞到天上去’，正好是这一句呢！”

“真的？”桑吉睁大眼睛，破涕为笑。

雨又开始下了，雨声里还夹杂着这个季节少见的风声，这使桑吉的屋子就像一艘航行在海上的帆船。

这一夜，江白没有走。

# 欢乐时光

人口普查、年终统计和总结，年底乡里最忙绿的一阵子终于过去了。

正月，乡里的工作相对闲适。桑吉的工作又是待在书记办公室守着那台红色的座机，期间还做些文字材料的上报和文件的传达工作。江白和多吉借助自己会藏文，也会说波密话的优势经常下乡，向各村干部了解村情，对“三大节日”的工作做些简单部署。当然这期间，江白的重要工作就是将附近仲堆、仲美村的孩子召集起来，组建松宗“青冈林戏剧社”。正好此时是农闲时期，孩子们也正处于漫长的寒假中。对于这些山林里的孩子们来说，难得有这种聚在一起的大型活动，于是都很有兴趣地参加了。他们磕着瓜子，嘴里含着奶渣，盘腿坐在地上，想看看这“青冈林戏剧社”到底是个什么玩意儿。

江白将桑吉、多吉还有去年新来的工作人员组织起来当老师，为孩子朗诵诗歌、讲述藏族、汉族甚至是外国的民间故事。去年新来松宗工作的男生中有一个叫罗布的，他毕业于西藏大学艺术系，痴迷于藏戏。在江白的建议下，他饶有兴趣地将社团里的孩子组织起来，排练出了他们自己排出的第一部剧，也是八大藏戏之一的《卓娃桑姆》。《卓娃桑姆》为蓝面具藏戏觉木隆戏班及其艺术流派的保留剧目，是门巴戏主要传演的剧目。据传为17世纪中晚期，门巴族高僧梅惹·洛珠嘉措根据门巴族历史传说创作而成。故事发生在门隅地区，曼扎岗国国王格勒旺布爱上了仙女卓娃桑姆，并将她娶回王宫，生下一儿一女。然而，国王的魔妃哈香却心生嫉恨，她心狠手辣，将卓娃桑姆逼走，毒疯了国王，自己掌权，并设法害死卓娃桑姆的一双儿女。所幸，公主被老猎人放走，卓瓦桑姆变成雄鹰救出王子。王子脱险后，被白玛金国百姓拥立为王，后来与前来乞食的公主团聚。魔妃又兴兵进犯白玛金国，被英勇的王子射死。姐弟俩回到自己的王国后从牢里救出了父王，并严惩了奸臣。从此,曼扎岗国的百姓们过上了幸福的生活。

故事情节很接地气，特别吸引孩子们。不过光听故事还行，如果要站起来表演，孩子们就都扭扭捏捏的，特别是藏戏程式化的舞蹈动作和高亢的“拉姆”唱法，总是令他们忍不住捧腹大笑。罗布找出了自己收藏的藏戏话剧VCD，给孩子们一遍遍的播放，在关键时候，他暂停画面，自己在一旁作解释，并且把动作分解，一点点的表演给孩子们看。罗布在唱“拉姆”时，抑扬顿挫、铿锵有力，眼神里充满了光芒。罗布的深情讲解和VCD里悲情的故事感染了孩子们，他们开始托着腮凝神地听着，有的孩子眼睛里还闪着泪花。毕竟剧里卓娃桑姆的两个孩子基本和他们一般大，一路的颠沛流离和失去双亲的不幸，唤起了孩子们内心深处的同情心。我们每个人在孩提时代对于领会文学艺术方面是最有天分的，他们具有杰出的移情能力。只是成长会让人逐渐麻木，最后深陷在自我的“茧”中欲罢不能，就不容易深度理解文艺作品。因此如果在小的时候就能接触绘画、音乐、诗歌等文艺作品，就等于开启了一生的美学教育。大山里长大的孩子和城里的不同，他们没有兴趣班，周末就是干农活，没有和艺术亲密接触的机会，但这丝毫不会减少他们的悟性。眼下这帮孩子似乎更珍惜这种“奇妙”的学习机会，他们很快不再嘻嘻哈哈了，开始一板一眼地学习比划着，哼唱着。

仲美村有一个叫嘎松的14岁男孩，瘦瘦的，脸蛋黝黑，一口整齐洁白的牙齿都可以打个牙膏广告了。在几次的教学中，罗布发现这孩子具备超强的领悟能力。他从来都是竖起耳朵认真聆听，在歌舞练习的过程中，他总一个人反复琢磨研习。嘎松的音质很好，还可以飙高音。罗布喜欢这孩子，让他扮演卓娃桑姆的儿子拉瑟。剧里的大部分角色孩子们都抢着演，就是没有人愿意扮演魔妃“哈香”和她的女侍从“斯马让果”。罗布和江白给俩个平时大大咧咧的女孩子做工作，她们竖起大拇指，“咕叽咕叽”地求饶，就是不肯演。真让老师们哭笑不得。

“哈香和斯马让果其实是最难演的，看到她们张牙舞爪的动作了吧？”桑吉试着对那两个女孩表演了一下“哈香”的动作，结果由于手脚不够协调，只好作罢。

“看到了吧？功底好的才能扮演她们俩。”桑吉对那两个挤在一起的女孩说。

最后那个小个子女孩终于让了步，“好吧，我同意，但我只演斯马让果，不演哈香，她那样大笑和尖叫，我演不来。”女孩很使劲地摇摇头。

桑吉再看看那个高个子女孩，那女孩猛地把脸转过去，坚决地说：“她是个女魔，我妈妈说了什么都可以演，就是不能演女魔。”

桑吉笑笑，耸耸肩，无奈地看着江白和罗布。

“我来！”

原来是嘎松。他从孩子堆里走出来，来到罗布跟前。

“她不演，那我来试试！”

“可是哈香是女的啊！”高个子女孩瞪大眼睛问。

“我戴上妈妈的头巾，就可以演哈香了。”男孩一本正经地说。

孩子们都笑了。老师们却都为这男孩的想法鼓起掌来。罗布走过去，拍了拍男孩的肩膀，他似乎很欣慰。

“这么难的角色，就你来吧！一定行！大家记住，这是哈香堆姆[1]第一次被反串扮演！”罗布高声对大家说。

孩子们上课时，很多乡民也会聚集于此看热闹。从刚开始的保守不屑，到后来的索性就坐在地上，吸着鼻炎有滋有味的欣赏着。

“青冈林话剧社”办得有声有色，每周六下午孩子们就从青冈林里钻出来，跑下山，在乡政府升旗台边围坐着排演。江白和桑吉商量着，以后要组建正式的松宗乡表演团

[1] 藏语中意为“女鬼”。

队，去各处表演剧目。

“不能让百姓在麻将或酒精中度过休闲时光，对吧？”江白对桑吉说。

“对，我们可以排些本地的民间故事，比如，南迦巴瓦峰的故事。这样孩子们得到了学习，老百姓得到了娱乐！”桑吉快乐地回答。

除了话剧社，江白最关心的是村里的困难户。他一如既往，总是和他们不断唠家常，唠着唠着就能发现百姓心里的真实想法。

江白对桑吉说：村里的那些致富能手都有自己的办法，也能主动利用好的政策，为自己的幸福生活添砖加瓦。但是每一个困难户，变成如今的样子，各有各的原因，有点像列夫·托尔斯泰的那句形容家庭的话吧……他们有的懒惰，有的放纵，有的消极。每次带上级参观，就是看那几家过上好日子的，似乎那些困难户都见不得光一样。每次这样做，我心里就深感惭愧。感觉在欺骗上级，也在侮辱那些真正需要帮助的人。我想真正的难点，真正有意义的地方是让每个困难户振作起来，一起努力，从整体上致富。桑吉，从我私人的小体验来看，能亲眼看到一个人变得积极起来，开始热爱生活，那种感觉很棒！”

“可是，如果做了这么多，没有看到对方积极起来呢？或者对方对你很反感？或者很多人觉得你像打了鸡血般不真实？”

“鸡血？”江白笑了笑，“你一定听别人说了什么吧？”

的确，桑吉听其美说过县里人是怎么议论江白的。

“你听过勒让蒂尔的故事吗？”

桑吉摇摇头。

“勒让蒂尔是18世纪一个法国天文学家。他几乎是公认的世界上最不走运的天文爱好者了。勒让蒂尔出生于一个没落的大户人家，早期在巴黎大学研习神学，就在那段时期，他对天文学产生了浓厚的兴趣。不过他狂热专注的天文学事业，却让他的生活变得衰败不堪。”

“天道没有酬勤？”桑吉问。

“嗯。那还得从‘金星凌日’说起。你知道金星凌日吗？”

桑吉又摇摇头。

“金星凌日就是当金星运行到太阳和地球之间时发生的一种罕见的天文现象，该现象发生时，在地球上可观测到太阳表面有一个小黑点慢慢穿过，通过观测研究，可以更精确地测定地内行星的运行轨道。金星凌日以两次凌日为一组，间隔八年，但是两组之间的间隔有100多年。现代天文学之前，人们通过观察金星凌日，用视差来测量日地之间的距离。1761年，勒让蒂尔就受到委派前去印度观测百年难遇的“金星凌日”。你可以想象他有多么激动。毕竟这样的机会一辈子也没几回。勒让蒂尔当时想从印度燕南沿海的本地治里进行观测。可当时英国正在那里与印度和法国交战。当勒让蒂尔抵达印度时，他发现英国已经占领了本地治里，好像他还被怀疑成了特务……在金星凌日期间，他只好逗留在轮船甲板上，在晃晃荡荡的海上观测是最糟糕的事情了。观测结果很不理想。不过他还没有彻底灰心，因为1769年还将发生另一次凌日。于是他决定在印度逗留八年。”

“八年？他真是很狂热啊！”桑吉惊呼。

“对啊。八年里他在印度建起了天文台，做足了准备。这一天终于来到了，天空万里无云，他心情很激动，等了多少年啊，可是就在金星凌日开始的瞬间，有一团云挡住了太阳，整整三个小时左右，这是个令人心力憔悴的三个小时，而此次金星凌日也正好用了三个小时左右。绝望的勒让蒂尔想回到家乡法国了，返程路上得了抑郁症的他又遇到了暴风雨，险些丧命。终于回到了法国的家乡，等待他的却是人们漠然的面孔，原来在这八年当中人们以为他早死了，他的财产也早被瓜分了。”

“非常非常倒霉呢……之后呢？”桑吉听得饶有兴致。

“之后他又结婚了，有了一个女儿，写了一部论述印度的书，分为两卷，篇章浩瀚，所以他什么也没有丧失。至少网上是这么说的，什么也没有丧失。”

“哦，结局不是特别差，你……”桑吉抬起眉毛，“想说什么？”

“就是想说，这个世界能轻易的干扰你，易如反掌。在命运的手下，你就是个玩偶。可恰恰正因为这样，你就应该、只管、负责、走你自己的路，就像……打了鸡血一样。我想一个人，只有在内心没有方向时才会依赖外在的选择。如果心有所属，就不会有选择困难症，即便面对命运的捉弄，也在所不惜的走到底。我想勒让蒂尔是值得尊敬的。他的内心也应该是无怨无悔的。他也是那种打了鸡血的人，是不是？”江白笑了，单纯的像个孩子。

桑吉默默地点着头，脑袋里还在努力消化这个故事。

“明天去看俄罗大爷吧，我想他了，我不差点成了人家女婿嘛！”他突然话风一转。

桑吉忍着笑，狠狠瞪了江白一眼。

俄罗老人的房子收拾得干干净净，家里的家具也多了不少。当俩人来到屋内时，老人甚至还为他们倒上了热腾腾的酥油茶。

“江白，好孩子，自从当了护林员，我这日子就好啦。”

“是因为您戒酒的缘故啊，您这身子一好，干什么都可以，呵呵！”江白笑嘻嘻地回答。

“是啊，就是白珍她没有造化，你瞧，前两天打了电话，说是准备结婚，和那个该死的家伙，一个小痞子，我怎么就没看出来，早知道这样，小时候我就该打断他的腿。他让白珍受了多少苦啊，那丫头！嗨！”

江白看看桑吉，转身对老人说：“您别生气，白珍不是坏女孩，她现在过得怎样了？”

“说是在甜茶馆打工。行啊，别去什么舞厅之类的打工就好。”

“俄罗大爷，您这里需要什么帮助或者白珍需要帮助都告诉我啊……噢，对了，这是我未婚妻桑吉，也是我们乡里的干部。”

“知道，知道，之前也见过，桑吉姑娘帮助过我。”俄罗老人竖起大拇指。

“你是个幸运、聪明的女孩。这种活的明明白白的男人，我俄罗活了大半辈子都觉得真少见。姑娘你也是活的明明白白的。”

桑吉和江白互相望了一眼，都低头微笑。之后江白又连忙补上一句：“不是的大爷，能攀上她，是我的福气啊。”

桑吉瞪了江白一眼：“大爷，他最近变坏了，总是甜言蜜语的！走，我们出去走走，散散步好不好？”桑吉莞尔一笑，扶着俄罗老人到林区散步了。

江白看着未婚妻和老人的背影，心里真是甜滋滋的。不久，桑吉也会这样搀扶着自己的老父亲和自己说俏皮话吧。江白确信父亲一定会喜欢这个外表朴素、心地宽容的姑娘。

在林间走着，江白才发现不知不觉中，又已是深秋了。

天地间总有秋叶在飘零，在瑟瑟秋风的裹挟下旋转着，找寻着自己的归处；有一片落叶就那样轻轻地落在了他所爱女子的肩膀上，而她却全然不知。她只顾着漫步在金黄干枯的落叶上，时不时还回个头，朝他甜甜的微笑。

江白迈开步伐，大步朝她追去。

十月底的波密有着彩虹般的颜色。层林尽染，绿色、橙色、红色、黄色，还有白色的雪山。置身其中，让人流连忘返。这个周末，江白借了乡小卖部的面包车，带着桑吉和朗秋村的小措姆驱车来到了嘎瓦隆。

嘎瓦隆是波密县一个重要的风景地。它以海拔4322米的多热拉山为界，南部是墨脱县，北部就是波密县。从多热拉往北看，有三个小湖，当地人称之为“圣湖”。中间的小湖还有两个小岛，这就是著名的嘎瓦隆天池。相传，嘎瓦隆整体是一个大鹏展翅的地形，周围的每一座雪山都像一位神仙，而嘎瓦隆中的水分为茶青色、乳白色、米黄色，牛羊喝了乳白色的泉水，就会膘肥体壮，酥油会增产。

到了挂满经幡的多热拉山垭口，桑吉、江白都大声发出“拉索啰”的呼声。这坐高山的景象令人震撼。海拔4200

米，终年白雪皑皑，阻挡了雅鲁藏布江的暖湿气流，又使雪山南面的墨脱潮湿闷热、而北面的波密相对干燥清冷，气候截然不同。这里也是前往秘境墨脱的必经之地。从山顶上往南面的山下眺望，能清楚的看到24K的羊肠小道。

江白、桑吉和小措姆从车上跳下来，小措姆忙着采野花，桑吉和江白则坐到了草坪上。紫背杜鹃、蓝色的龙胆、淡黄色的雏菊，这里山花烂漫、水草丰美，山下就是夏季牧场。把目光朝向北面，就是最吸引人眼球的著名的嘎瓦隆冰川。雪山怀抱着两条U型、一泻千里的冰舌，冰面发出银白色的绚丽光芒。中国的冰川大都在西藏，而西藏的冰川大都在波密。对于冰川星罗棋布的波密来说，嘎瓦隆冰川只是其中之一。

“江白，冰川对研究古气候有很大意义，对吗？”

“对。冰川的形成是年平均气温在0度以下的区域，并且降雪量大于融雪量。不仅是对古气候有研究意义，冰舌的退化和雪线的上升，也预示着气候的变化趋势。此外，每一个冰层，就像树的年轮，可以测出年龄来。冰川在形成时，封存了一些空气和尘埃，冰川学家能够从中提取气泡和尘埃分析当时的气候。”

“难以相信！”

“什么？”

“就在我们现在坐着的这个地方，曾经是什么样的气候？有什么样的动物走过路过，有什么鸟飞过；又有什么人带着什么样的心情来过。生命短暂的就像不存在。”

“对，从到死，仅仅就是一首暖场曲。不过桑吉，”江白突然握住桑吉的手：“此时此刻，我就在这里。”他朝她暖暖的微笑，之后突然想起了什么似的站起来，脱下外套。

“草地湿气重，来，垫上我衣服。”

“嗯。”桑吉站起身，把江白的军绿色外套垫在地上。小措姆见了，小脸乐开了花。

“江白大哥对姐姐真好。”她已经在自己的头上插满了野花，仙子般的跑到桑吉面前。

“我好看吗？我的诺杰哥哥很帅，将来我的诺杰哥哥也会对我好。”

小姑娘的一双大眼睛清澈的可以映出眼前的雪山草地。

桑吉和江白相视而笑。

“行行，我会告诉你的诺杰哥哥，先别找媳妇，让他等你长大哈。”

“真的，一言为定！”小女孩高兴地跑开了。

“诺杰应该是个万人迷。”江白说。

“那是。”桑吉回答。

“嫁给他也会幸福。”江白望着远方。

“你想退货？”桑吉笑着问道。

江白微笑着摇头，桑吉发现近来江白的气色很好，脸上时常挂着这种满足的笑容。

“江白，听说这里要挖隧道。等结了婚，办完喜事后，我们一起顺着这条路进墨脱看看，好吗？”

桑吉指着远处的羊肠小道，那里偶有一两辆摩托车经过。墨脱，这片处于雅鲁藏布江下游，喜马拉雅山脉东端南麓的世外秘境，汉语中意为“隐藏着的莲花”，属于亚热带湿润气候，充沛的雨水滋润着莽莽雨林，境内山花怒放、飞流急瀑。不过，迄今为止，这里仍然是全国唯一不通公路的地方。对于桑吉来说，那片边陲小镇，就像一个熟睡中的宝宝，充满了奶香气。

“嗯，好的，我也想去那里看看。现在骑摩托也可以到的，只是会比较累人。不过桑吉，我们的结婚蜜月就去那里吧，骑摩托去墨脱。可以吗？”

桑吉高兴得捂住嘴巴，眼睛睁得很大。

“骑摩托去墨脱?!江白……我真的太期待了。”

桑吉望着伸向墨脱县的那条羊肠小路，脑海中浮现出这样一个画面：江白骑着摩托车，他戴着头盔、一身素净的浅灰色布料藏装，后座载着桑吉。桑吉则穿着大红色丝绸藏袍，里面的衬衣是金黄或者天蓝色，头上戴着“次仁金果[1]”。他们一路唱着歌，空气中有芭蕉树的清香。

“那景象简直就是一张艺术照呢！”桑吉喃喃自语。

[1] 藏式长寿锦顶帽。

# 地区之行

两周之后，桑吉到林芝地区参加培训。

这是桑吉参加工作以来第一次参加短期培训。借这次的学习机会，桑吉可以见到父母、回趟家，还可以向父母提起江白。想到这些，桑吉的内心不免有些激动。她期待得到父母的认可和祝福，她希望将来和江白活成自己父母的模样，形影不离，还常常孩子似的拌几句嘴。

培训会议共三天，内容主要是针对乡镇公务员公文处理、公文写作等方面的培训。内容简单，学习日程安排的也不太紧密。第一天上午培训，下午休息。桑吉捧着资料袋漫步于香港路。她打算步行回家，得穿过这条最繁华的商业街。

走到半路，桑吉的手机响了。是诺杰的表姐德吉。

“桑吉啦，你好啊！”表姐的话语里依旧充满热情。

“阿佳，我很好，在林芝地区参加培训呢。您最近好吗？”桑吉边走边说。

“我刚刚错过了一辆公交。等下一辆要十几分钟后了，等车的功夫就想和你聊聊天。”

“嗯，好的，我也在步行回家，很高兴又听到您的声音哦。”

“我也是喜欢和你聊天呢。诺杰最近特别忙，他说这两天可能要去趟林芝。我呢，在做兼职，做很多兼职，卖安利的产品，还在一家单位做兼职，有时还批发水泥，我把自己整的很充实哦！”

“真的？充实是充实，可是不会太累吗？恕我直言，阿佳您应该不缺钱啊！”

“呵呵，不是钱的问题。我只有在不断做事的时候，才会忘记一些事情。你懂的。”

“嗯，我理解。”

嗯，可就在刚才，我突然觉得……唉，怎么说呢？桑吉，我每天都很忙，忙着工作，忙着挣钱。像现在我就刚从超市回来，买了很多东西，拎东西拎的手都疼了。我刚才正朝公交车站走，走着走着就来到了一家花店门前。”

“买花了吗？”

“嗯，我想买束康乃馨，从玻璃橱窗外看去，那些花儿开的真好。我很久没有给自己买花了。当然也没有人给我买。”

“买了吗？”

“没有。”

“为什么啊？”

“我拎不动了！”德吉表姐叹了口气，接着说：“然后我走到车站了，我看见了我要上的那辆14路车已经在车站等了一会儿，只要我跑一跑、追一追，完全能追上，周围很多人都在追着它跑……我手里拎着东西，穿着高跟鞋，并且浑身疲乏！我突然纠结着要不要像别人和平日的自己一样，狼狈的向前冲去或者喊一下，可是我突然想任性一回，不跑了！我可以选择不追上一辆即将开走的公交车吧，我能小小的任性一回吧！想到这里，我突然想到自己现在的生活。拎不起一束花的生活，穿着高跟鞋却不能优雅走路的生活。想着想着，我放慢了脚步，慢慢的走了过去，我刚到车站，车子也刚刚走，我看都没有看它一眼！让他们挤好了，不是有下一辆车嘛！”

“呵呵。嗯！确实有下一辆啊。”

“还好，有下一辆车子，是时候放下了。是时候买一束花犒劳自己了。哦，桑吉，又来了一辆14路，我要挂电话了啊！不能再错过这一辆，否则就是我的过错了是吧！”表姐说到最后，爽朗的笑了。

“嗯好阿佳，那您照顾好自己啊！”桑吉回答。

桑吉挂了电话，想象着表姐踩着高跟鞋、领着两大包东西跳上14路公交车的样子。在这条街上，随处可见这样的女子，她们有的紧缩眉头、有的干脆低着头。

“嘀嘀……”又是江白的短信。

这两天江白不断发来短信，看得出来江白有些紧张，不停询问桑吉有没有向父母提起自己。

“你等等嘛，我还不好意思开口啊。”

“他们一定会问我的老家，还有长相什么的啊，糟糕你忘记戴上我的照片啦，那张黎明照！”

“呵呵呵！”桑吉笑得合不拢嘴，她觉得江白的为人真的很有意思，有时很沉稳、老气十足，有时却那么孩子气。

“只顾着说我，你对你父亲有没有谈过我？”

“早说了，说了大概……有三次了。”

“他说什么？”

“说带着你常看看咱妈……”

“嗯，当然。”桑吉声音低沉，突然看到了从松宗半山腰可以望到的那个方向。

“这次除了好好参加培训之外，我会和父母说咱俩的事，当然，还要多说你的好。你也别太紧张了，我父母人好的要命呢！”桑吉宽慰道。

第二天中午，桑吉陪母亲买菜。母亲问桑吉想吃些什么。

“阿妈，我……有男朋友了！”

桑吉直截了当地告诉了母亲。母亲的表情并没有桑吉想象中的那么吃惊，她继续挑着菜。毛纺厂的厂区和住宅区之间的林荫大道旁，有一个小型的菜市场。卖菜的还大多是厂里的下岗职工。桑吉母亲和一个身材高大的卖菜阿姨寒暄了一会儿，之后挑了些香辣椒。这几个辣椒打着卷，有一半是红色的。母亲说喜欢这样的辣椒，口感微辣，不发涩。

“我就等你开口了，一天手机不离手的，嘀嘀叫个不停。怎么，不是拉萨那哥哥？”

母亲挑完蔬菜，带着桑吉往凉拌铺子走去。

“不是。是我在乡里的同事。他，他……”桑吉觉得自己脸颊发热：“阿妈，他是个不一样的人。和他在一起，我觉得生活充满了……怎么说呢?充满了意义。阿妈，有人说他傻，可爱他的人却会无法自拔的喜欢他，阿妈……”

母亲笑着望着自己女儿激动的样子，温柔的说：“好啦，你打算让卖凉拌肘子的大叔也一起分享故事吗？买了凉拌，回家慢慢说去。”

桑吉红着脸看了看卖肘子的四川大叔，大叔也快速打量了桑吉一眼。

回到家中后，母女俩边喝酥油茶边聊江白。

桑吉把自己和江白交往的过程，以及江白的家庭都向母亲一一说起。母亲一直认真聆听着，当桑吉把所有的事情讲完之后，才起身给女儿和自己斟了碗酥油茶。

“女儿啊，其实我和你父亲都是一个想法，找一个对你好的人，当然你自己也要喜欢。不过你把这孩子说的吧，有点太好了……你说的我都想快些见到他本人了。手机里有没有照片？”

桑吉突然想起那张“黎明照”，心中暗觉好笑。

“很帅的，阿妈，我手机里没有照片，不过阿妈您最近不是在看韩剧吗？那个《浪漫满屋》？”

“嗯，你不会说像那个男主角吧？”妈妈半信半疑。

桑吉很确定地点了点头。

“今年过年先把他带到家里来，让你阿爸阿妈都看看。”妈妈最终作出了让桑吉满意的安排。

当天晚上，桑吉就把母亲邀请江白到家里过年的事情告诉了江白。电话那端，江白笑了。

“嗯好！你不会逃婚吧？”江白突然问。

“你不逃就行！”桑吉乐呵呵地回答。

第二天上午继续培训，下午依旧没有课程。桑吉将培训资料整理好，放入文件袋里。她想还是快点回家，回家可以坐下来和江白发短信聊天，不知道他今天都忙些什么了，晚上得提醒他喝牛奶。桑吉一边想着，一边在香港路上疾走着。没走几分钟，就意外撞见了诺杰。

“诺杰，你？”桑吉惊喜地问。

“出差，你呢？”诺杰满脸笑容。

“参加培训呢！”

“真巧！走，喝杯咖啡去。”

桑吉和诺杰在香港路上找了一家风格欧化的咖啡店，一坐下就聊了起来。

“你气色不错！”诺杰说。

“你也成熟了，呵呵。”桑吉见诺杰的下颚续起了密密麻麻的短须。

“我辞职了，继承父亲的生意，你知道之前也只是在单位里学习过渡一下。现在除了做生意就是到处摄影。每次摄影时，就想起你和北京的轻轨轨道。桑吉，你真的……过的好吗？”

桑吉呡了一口咖啡，焦糖拿铁，苦甜比例刚刚好。

“我很好，真的，明年春季也许就结婚了。”

诺杰不言，继续望着桑吉。

“天意。”诺杰突然说。

“什么？”

“我开始相信命运了。之前想成为摄影师，后来当了商人；之前想娶你，后来老天让我和那个父母介绍的女子又藕断丝连；而现在，你告诉我，你要结婚了。”

“怎么？”

“她离开我的时候，原来是怀着孩子的，一直瞒着我，担心我有负担，可是一个月前我偶然遇见她，还看见她抱着孩子，那孩子一看就知道是我的，眉眼都是我的模样呵呵。桑吉，这是天意。断不了的缘。”

桑吉不知道该怎样揣测此时诺杰的心思。

“诺杰，她应该是个好女孩。你看，她一个人承担了很多。”

“我想也是，毕竟她爱我。”

桑吉低着头，不知怎样回答。突然她想起了小措姆，就打开手机让诺杰看小措姆的照片，说小措姆很感谢诺杰，还说了她将来想要嫁给诺杰的趣事。

“嗯，可爱的小女孩。如果她来拉萨，就一定让她找我。你看，没有不喜欢我的女孩，除了你。”

桑吉低头微笑。

“我和江白都想谢谢你。真的。“谢谢你对小措姆的资助，也谢谢你对我的理解。如果可能，我真希望你以后也认识江白，你会喜欢他的。”

诺杰闭上眼睛，深吸了一口气。两秒钟后，他睁开眼睛，端起杯子，大口喝着美式咖啡，并夸张地摇了摇头：“唔，真苦！”

诺杰将桑吉送到了家门口。

“这里和南京一样，都是法国梧桐。”

诺杰抬头望着林荫大道两旁高大、很有年代感的梧桐树。秋天了，梧桐树叶变得缤纷多彩，有金黄的、绿色的，黄绿相间的。《一片叶子落下来》里的丹尼尔曾说，每片叶子的体验不同，太阳照射的角度不同，投下来的影子不同，颜色就不同了。带着不同的体验，这些巴掌大的落叶在空中飞旋着，一片接一片的尘埃落定。而地上早已经是松软的黄毯啊。昨天是这番景象吗？这分明是一夜之间落下的啊。桑吉自己也陶醉在眼前的风景中。

“希望将来重新规划这里时，不要将这些树给拔了，多美啊对吧？哦，对了，光顾着看风景了，走，进去喝杯酥油茶！”桑吉邀请道。

“不，免得你妈妈喜欢我，又不同意你中意的那小子了！”诺杰笑笑，踩了踩地上干枯的落叶，地面发出很多清脆的粉碎声。

桑吉侧脸斜眼看他。

“一点都没变，自恋的家伙！”桑吉微笑着说。

“幸福！”诺杰认真地望着桑吉：“嗯，我会努力幸福。你如果不幸福记得找我呀！”

桑吉摇头：“当个好父亲，好丈夫。我看好你噢呵呵。”

“说得好像我是一匹即将参加比赛的马，骏马！”

“什么？”

“没什么，期待你的……好消息。”

和往日不同，今天先转身离开的是诺杰。桑吉望着他的背影，修身的长风衣，在秋季落叶飘飞的景象中，这身影显得有些萧条。桑吉长长的叹了口气，她觉得诺杰这一走，或许就是人生的分叉点了。她仿佛再次看见了雪地里的那个穿着蓝色羽绒的男孩，他漫步在桑吉面前，脚底的积雪被踩出“吱如吱如”的声响。他在哼一个曲子，那首曲子如此熟悉，是诺杰经常哼唱的歌曲。她在记忆的回廊里曾无数次回想起这首歌。今天却意外地听出了这首歌唱的是什么。对，是那首约翰·列侬的《Jealous Guy》！

“诺杰啦，你要好好的啊。”桑吉在心中默念着。

第三天的培训也只有半天，桑吉认真整理了这三天的笔记，并且和授课老师——组织部的一位干部互留了电话。她打算和江白好好汇报一下工作。因为江白曾多次说过乡里的公文处理程序很有问题，有的文件没有好好传达，有的甚至丢失了。这次回去，桑吉打算好好把这个工作梳理一番，文件夹、文件柜，这些东西不应该是用来摆设的。

下午，桑吉一个人再次漫步来到了香港路。她打算为江白买两件衣服。江白虽然会穿衣，但桑吉注意到那些衣服大都是学生时代买的。自从工作以后，他就似乎很少买衣服，多数时候就是几件户外装，他说过这样穿着是为了下乡方便。今天桑吉看中了两件男士外套：一件黑色夹克和一套深蓝色西服。她看着衣服，想象江白穿上这样的衣服见自己父母的拘谨样儿，觉得又有趣又充满了甜蜜感。

这时手机铃声响起，桑吉一看是多吉的，莫非他要买什么东西托她带去？桑吉愉快地接起电话。

“多吉，你好！”

“多吉，听不到吗？有信号吗？”

“你在乡里吗？”

电话那头没有声响，桑吉只能不断的问话。乡里的手机信号刚通，但还不是很稳定，桑吉心想。

“在，在呢。”终于听到了电话那头来自多吉支支吾吾的声音。

“多吉，你怎么啦？需要帮你买东西吗？”

多吉不语。

“是其美的事情吗？”桑吉大胆地猜测。

“昨晚上森林大火，我们乡里所有男干部都灭火去了，江白……”

桑吉顿时感觉喉咙堵的慌，头晕目眩。

“你……多吉，你说清楚啊！到底怎么了？江白没事……没事吧？”

那边一阵沉默。

“多吉！！”桑吉在电话里大声吼叫，她真想从电话里把多吉拉出来，使劲抖抖多吉的肩膀。

“江白找不到了，他可能走了。”

“走了？那是什么意思？”桑吉站定了，一只手开始紧紧抓住新买的衣服。

那边又是沉默。

“什么？多吉，江白到底去哪里了？”桑吉仍然急促地问。

“可能……可能被大火烧死了。”

说完这句后电话挂断了，发出“嘟嘟嘟”的声音。桑吉有点想笑，她甚至“呵呵”的干笑了两声。在这繁华的商业街中央，她木然地站着不动，人潮涌动，路人纷纷朝她看，她仍一动不动地听着电话，像一尊雕塑。

许久，她像突然缓过了神，一脸惶恐，手捂着胸口，大口、大口的喘着气。

她决定今晚就要回到波密，回到他的身边，而且要带上新买的衣服，那件黑色夹克和一套深蓝色西服！

# 林火

桑吉没有对父母提及这件事，她只说是乡里的工作需要，领导催促她快点回去。这么做一是免于让父母担心，也是她根本就不相信这一切。前一天晚上，他们确实没有联系，江白没有回复桑吉的信息，她打了电话，是无法接通。很正常，只要下村就没有信号，当时桑吉就是这么想的。可是今天一想，难道昨天的这个时候，他就在火海里挣扎吗？！桑吉顿时感到窒息。她要赶回去，不管他在哪里，都要把他找到。桑吉花费了比平时多两倍的价钱，从地区租了一辆越野车直奔松宗。

一路上风景依旧，可是桑吉看不见了。她心急如焚，不停扭绞着双手。此刻，她想念他的怀抱，想听到他低沉的声音，想那间贴满照片的房子，那张蓝色长椅，蓝色的吉他，想《一个人的小镇》，想那晚的烛光，想麦田……她快疯了，却哭不出来，她不许自己哭，因为那可能不是真的，多吉是个木讷的傻瓜。

晚上十点，桑吉到了松宗乡。

乡里家家户户开着灯，如星光点点，乡政府一旁的水流声在寂静的夜晚异常清晰，盔甲山的山顶在月光下泛着银白色的光，一切熟悉依旧。桑吉屏住呼吸，径直来到了江白家门口，她觉得自己像一个幽灵。她有钥匙，麻利地开了锁，一下推开了房门。满屋的赤辛梅朵花开在墙上，江白的被子叠得整整齐齐，桌上的水杯里还盛有半杯水。

桑吉缓缓走进屋里，坐在床上轻轻抚摸着江白蓝色的床单。她真的不相信多吉的话，一定是多吉他们整蛊，说不定江白自己也参与了！一定是的，过会儿他就会从谁谁家里突然冒出来，他总是喜欢不一样，连游戏都爱开这种重口味的。尽管如此，桑吉还是要把他拉出来，紧紧地抱在怀里。想到这里，桑吉"噌"地一下站起来，径直走向多吉的家里。

"多吉！多吉！"

桑吉用尽全身力气敲着多吉的房门，但是里面没有开灯，也没有人应门。

桑吉大步走到了书记家门口。门半开着，桑吉推开门，见里面有很多人。书记、多吉、旺杰、司机师傅，几乎乡里所有的男人都在这里，唯独没有江白！桑吉冲进屋子。

“江白呢？你们别开这种玩笑啊。我不会原谅你们的。他在哪里？！”

多吉望着桑吉，面部开始抽搐起来。

“桑吉，桑吉，你听我说，江白确实走了，就在后山上的林子里，大火烧了一整晚，他推开了我，让我快离开。浓烟中我看见有树木倒下……之后，我发疯似得跑了出来，没有方向，无法呼吸，但是终于跑了出来……可是……”

多吉开始泣不成声。

“烟子很大，天很黑，我看不到他，我跑了回来，而他留在了那里，今天下午火情才被基本控制，可是我们找不到他了，怎么也找不到，连……连尸体都找不到……只是捡到了这个东西。”多吉指着桌子上的“枚龙”：“我知道这是他的。”

桑吉缓缓走到桌前，看着那熟悉的刻着十二生肖的“枚龙”，那是江白的九宫牌护身符。桑吉的泪水无声地流了出来，那块“枚龙”，握在手里沉甸甸的，异常冰凉。桑吉将它贴着自己的额头。她想痛哭，可就是哭不出声来，她只得蜷缩在墙角，不时神经质的抽动肩膀。屋里所有的人眼眶发红，都围在桑吉身边，他们轻轻拍着桑吉的肩膀，默默地跟着流泪。

过了许久，桑吉抬起头，带着很重的鼻音说："你们知道吗？我们本来打算结婚的。"

多吉望着桑吉："知道，前天中午他告诉我了……那天中午他开着门，正照着镜子剃胡子。见我路过，就把我拉进屋，告诉我你们要结婚了。他当时眼里闪着奇异的光，下巴还留着一半剃须膏，样子有点好笑……他还安慰我，说实在无法挽留的东西就让它走吧，要学会let it be."多吉蹲下身子，揪着自己的头发："let it be……可这是多难的一件事情啊！"

这是一个怎样的秋啊，桑吉的余生注定将无数次回想起这一幕。

就在一个月前，她和江白还有俄罗老人还在这里一同散步。桑吉扶着俄罗老人，江白则将双手揣在裤兜里，他当时面带微笑，偶尔还抬起脚将地上的落叶踢飞，仿佛想让这些落叶再次飘飞。他多数时候都在听，每一句都听得很认真，他拾起落在她肩上的秋叶，并隔着干枯的落叶看阳光。

桑吉今天来到这里，却已是物是人非。秋色更浓重了，天空蓝的深邃，落叶已经开始枯萎。野火烧尽了大片森林，地面显露出骇人的黑色。西风像一个阴谋家，试探性的入侵着山林，空气中已带着瑟瑟寒意。

桑吉整晚没有合眼。清晨六点左右，她就敲打多吉的房门，求多吉陪她找一找最后和江白对话的地方。

多吉在前面无声的走着，桑吉跟在后面。她感觉自己和这个世界瞬间就要蒸发了，唯一会惊醒自己的就是双脚踩下的树枝咯吱作响的声音。她疲倦地望着林间太阳发出的那白色的、微弱的光。突然间她就跟着那束光跑了起来，踉踉跄跄地追逐着那束光。

多吉回过头望着桑吉，她似乎全然忘记了多吉的存在，她不停的跑着，喘气声越来越大，最后几乎是带着哭腔跑着。她的头发散乱，身上的披肩也滑落，被她拖着跑，直到被烧毁倒下的树枝绊倒了，她的眼睛才暂时离开了天空。她低着头，呻吟着。多吉跑上前去想搀扶她，她却摇摇手臂，自己用力爬了起来，桑吉的左手手腕被刮伤了，她却浑然不知。她站起身，再次仰望天空。

“江白!你在哪里？！”她用尽浑身力量大声呼喊。

“江白，你在哪里？！”山林里传来同样的回声。

桑吉跪倒在草地上，大声哭泣。泪水大颗大颗的滴落了下来，很快就渗进了泥土里。空中飘来一片落叶，“簌”地落在了桑吉散开的卷发上。瞬间她觉得有人在触摸她，她停止了哭泣，抬头仰望天空和周围的山林。周围的树木开始旋转，旋转，恍惚间，桑吉听到有人唱歌。

“阿若康巴，我的故乡来安多，
康巴的儿子总要浪迹天涯，
去那天边的阿里转上三圈。
善驰的骏马我没有，
那一双皮靴就是我的骏马。
安逸的住处我从未寻觅，
有水火薪柴的地方就是我的歇脚地……”

# 重生

已是隆冬了。安静的午后，天空阴云低垂，风停了，天空飘起了雪花。

桑吉穿着长及小腿的墨绿色鸭绒外套，快速从乡办公室里走出来。这是一个周末，乡里的大部分干部已经坐车去县里了。桑吉则留了下来，留下来也对，她刚在收发室里找到了诺杰从拉萨寄来的快递邮件。

在近一千公里的运输途中，这个快递包的边缘已经磨得起皱卷起。桑吉坐在温暖的炉火边，用抹布轻轻拭掉快递包上的灰尘，再找来小剪刀，轻轻剪开封口。打开一看，竟都是他们那次热振之行的照片。

热振寺的夏天，松柏郁郁葱葱；爬山的桑吉，快乐的朝对面挥手；姨妈阿若家的藏獒，要挣脱绳索的凶悍样子；热振藏布江，拍打着岸边的巨石，汹涌澎湃地狂奔着；潺潺的溪水边，赤辛梅朵散发淡淡的香气……

桑吉取出这一张，满脸柔情地微笑着,她将这张照片粘在了挂着“火炬”的墙上，退后几步再看了看墙上其他的梅朵照，满意地笑了。

照片最后藏着一张小卡片，是诺杰的字体。

桑吉啦：

过得好吗？我把这些寄给你，是希望你记住生命中曾经有过我。我现在很好，家庭和睦，事业顺遂。我开始喜欢并相信你所说的关于‘非此即彼’的话题。他对你应该很好的，因为你值得。我也会好好的。祝幸福。

你永远的帅哥 诺杰

2004年1月15日

桑吉微笑着叹了口气，将卡片夹于一旁的小说里。她捋了捋卷曲的头发，卷起衣袖，走到炉子跟前，往里添了几根木柴。她要把炉火烧得再旺一些，其美说过今天中午要来看她的。

炉子上的“土巴”已经开始“扑、扑、扑”地冒热气，屋子里弥漫着白罗布丝和面疙瘩的香气。

“冬吃萝卜夏吃姜。”桑吉一边用大勺搅动着锅里热腾腾的“土巴”，一边自言自语。

“早该买炉子的，确实暖和。”

桑吉忙乎了一会，感觉身体有些疲倦，她从一旁再次拿起那本小说，坐在炉火前认真地翻看起来。

“吱……”门被突然打开了，其美探出头，朝着桑吉咧嘴笑。

“吓死我了，快坐下，吃碗土巴，热乎一下啊！”桑吉说。

“亲爱滴，想死你啦!”其美跑进来抱住桑吉，桑吉被逗乐了，用手指刮了刮好友的鼻子。

其美抓住桑吉的手臂往外拉。

“来，出来看看那个女的，快点！”

桑吉和其美并肩挤在门口。只见不远处有一个老妇和一个中年女子正在交谈。零星的雪花飘落在她俩的发梢和肩上。

桑吉眯着眼睛仔细一看，那老妇是“三个石头”的母亲，对面说话的女子，桑吉觉得面熟，却怎么也想不起来了。

“怎么啦，这么神秘?”桑吉忍不住问。

“这女的，你好好看看，咱们去水吧跳舞时见到过的，是那个独舞的女人。记得吗?”

桑吉一下子想起那天夜晚，在水吧缤纷的灯光下，那个不善舞蹈的中年女子。她当时跳得那么投入，不理会身边所有人的目光。看来其美也对这个女人印象深刻。

“那个跳舞的阿佳，想起来了，她也是我们松宗的人吗?”桑吉问。

其美点点头。

“你知道她是谁吗?”其美一边问，一边拉着桑吉的手走进屋，关上房门。

桑吉摇头。

“就是那个传说中的玉珍！‘三个石头’的老婆玉珍！‘三个石头’死了，她倒是想起来看望婆婆了！”其美睁大眼睛回答。

桑吉微张着嘴，大约两秒钟后，她意味深长地道了声：“哦！”

“噼啪……噼啪”。

炉火很旺，燃烧的木头发出清脆的响声。

“我妈说过，听到这样的声音是有客人，今天我就是客人啦，呵呵。”

其美边吃“土巴”，边微笑着打趣朋友。已经过去三个月了，她发现桑吉有了变化。她的哀伤似乎已经平息，但外表看起来仍然憔悴。她心疼桑吉。

“我今天下来还有一件事想告诉你，我要调走了。”其美说。

“真的?这是你一直期待的啊?调去哪里?林芝地区?”桑吉问。

“不。拉萨！”其美眼神里迸射出难以抑制的喜悦。

桑吉睁大眼睛，惊喜地看着其美。

“你终于实现梦想啦……恭喜你，太好啦。是和大叔一起吗？”桑吉伸出手轻抚了一下其美光滑的脸颊。

“嗯，现在我的梦想就是他的梦想。”

“什么时候走?”

“可能不超过两周吧！很快了！我会想你，而且最想的就是你！”其美的话里透着一丝伤感。她低下头，继续吃着“土巴”。她在努力克制，生怕让桑吉感到一种人去楼空的孤独。

吃完“土巴”，其美将自己的和桑吉的碗用热水冲洗一遍。见桑吉安静地怀抱那本小说，坐在炉火前翻阅着，她心里突然感到一阵发紧。

“桑吉，你年轻，漂亮，有学识，好生活在后面呢！我在拉萨等你。”

“这本小说里的主人公住在一个偏远的乡镇，只有他一个人。一个人吃饭、睡觉、读书、看风景，有一天他遇见了自己心爱的女子。可那女子是个路人，怎么也不肯留下来。他便带着心上人去了喊泉，他想知道女孩子是否真的爱着他……我们还没有一起去过呢。没去喊泉、没去墨脱，没有做过的事情，还有那么多……他逃婚了。”桑吉苦笑了一下。

“他说过生于死，就是一首暖场曲，所以我相信他还在，而且他的生命才刚刚开始。懵懂的生活结束了，我要实实在在的生活下去，就像他。我的部分生命也才刚刚开始。”桑吉的眼神又恢复了光彩：“我想留下来。我已经属于波密了。江白要做的事就是我的事，江白没有做过的事，也是我要去做的……对了其美，我和江白的父亲通了电话。”

桑吉仰起脸，此时她的面颊因屋内温度的骤升而变得绯红。

“老人很伤心，你知道的，江白的母亲很早就过世了，是父亲独自把他拉扯大的。”

其美轻轻走过去，坐在桑吉旁边静听着。这几个月来，桑吉都不愿谈起有关江白的一切，今天可能是因为其美要调走的缘故，所以要敞开心扉了吧。

“还好，”桑吉看看其美，微笑着点头：“还好，我可以安慰老人了。”

“你怎么安慰的？”

“我告诉了他件让他欣慰的事情，这会使他能从痛苦中走出来。”

其美觉得糊涂，她不解地问：“这个时候，除非有人能代替他儿子，否则很难走出来啊！”

桑吉不语，仍微笑着看她。其美发现自己的好朋友面色红润，眼神充满柔情。其美仔细望着她，瞬间发现对面这女孩的身材和脸蛋略有浮肿，用羽绒服包裹的小腹也微微隆起。

“啊！”其美捂住嘴巴，尖叫道。她后悔自己怎么没有早点想到或者发现。

“你怀孕了？！”其美的泪水夺眶而出。

桑吉抿着的嘴终于张开了，漏出整洁的牙齿。她温柔地点了点头。

其美低下头，苦笑着摇摇头，再次望着好友。只见桑吉依然是温柔地笑着。

“这也是我想要的！”她诚恳地说。

见其美仍然是一副惊愕的样子，桑吉站起身来，“扑哧”一笑，伸出双手，握住其美的手。

“雪下大了，出去看看雪景吧……”桑吉再次打开房门。

屋外面的雪花，每一片都大的出奇，他们在半空中旋转、飞舞，最终无声飘落，天地间没有了间隙；冷风夹着几片雪花顺势飘进屋内，落在她俩光洁的脸蛋上，消融，再化成水，她们用手擦了擦脸颊，然后继续眯起眼睛看。外面交谈的两个女人不见了，路面上甚至连脚印都没有留下。厚厚的积雪就像一层奶油蛋糕，天地一色的铺展开来。恍惚间，桑吉看见对面那屋门口站着一个男子，他望着她，朝她挥手；桑吉睁大眼睛想仔细看，那个男子却转身不见了，消失的速度就像片片雪花，说消失可能不够确切，似乎更像是消融了，消融进了温润疏松的黑土地里。

“其美，你看到了吗？”桑吉轻轻地问。

“看到了！”其美回答。

一辆大巴驶进院内，白色的大地上很快留下了长长的车轮印。

“去年来的新生，大概从县上嗨完，刚回到乡里来了呢。”其美静静地说。

图书在版编目（CIP）数据

赤辛梅朵: / 央吉次仁著. -- 拉萨 : 西藏人民出版社, 2019.1
ISBN 978-7-223-06148-3
Ⅰ. ①赤… Ⅱ. ①央… Ⅲ. ①长篇小说－中国－当代－Ⅳ. ①I247.5
中国版本图书馆CIP数据核字(2019)第001518号

赤辛梅朵

著　　者：央吉次仁
责任编辑：吉普·次旦央宗
责任印制：扎西桑珠
封面设计：格次
出版发行：西藏人民出版社（拉萨市林廓北路20号）
印　　刷：西藏福利印刷厂
开　　本：889 × 1194　1/32
印　　张：9.875
字　　数：170千字
版　　次：2019年1月第1版
印　　次：2019年1月第1次印刷
印　　数：01－2,000
书　　号：ISBN 978-7-223-06148-3
定　　价：30.00元